노블 ★★★ 위치스
NOBLE WITCHES

NOBLE WITCHES
Shimada Humikane & Projekt World Witches

The world had received the attack from the existence of the mystery that appeared suddenly.
Only girls who have magic can fight against them. They install arms in an own body,
and fight in the sky, the land, and the sea. Fights of girls who defend the world start now.

A-team

로잘리 드 엠리코트 드 그륀
Squadron leader
ROSALIE DE HEMRICOURT DE GRUNNE
Birthplace : Gallia
Height : 159cm
Familiar : Bichon Frise

갈리아와 벨기카 백작 가문의 후계자. 문제아
들 때문에 고생이 끊이지 않는 명예 대장. 너무
성실해서 손해 보는 타입.

아드리아나 비스콘티
Flight lieutenant
ADRIANA VISCONTI
Birthplace : Romagna
Height : 175cm
Familiar : Caracal

로마나 귀족. 기가 세서 비슷한 성격인 하인리
케와 부딪히는 일도 많다. 명령 무시와 군기 위
반 상습범.

이자벨 뒤 몽소 드 바간데일
Pilot officer
ISABELLE DU MONCEAU DE BERGENDAL
Birthplace : Belgica
Height : 162cm
Familiar : Bouvier Des Flandres

남자로 자라온 벨기카 귀족 소녀. 모국이 함락
된 뒤에는 브리타니아 공군에 소속. 조크의 파
괴력이 메가톤급.

하인리케 프린체신
추 자인 비트겐슈타인
Squadron leader
HEINRIKE PRINZESSIN ZU SAYN-WITTGENSTEIN
Birthplace : Karlsland
Height : 163cm
Familiar : Black Cat

카를스란트의 명문 귀족이고, 여왕님 체질인
전투대장. 고귀한 자의 의무로서 백성을 지키
는 것을 중요시한다.

쿠로다 쿠니카
Flying officer
KUNIKA KURODA
Birthplace : Fuso
Height : 158cm
Familiar : Shiba Dog

후소의 구 다이묘 가문이자 명문 화족인 쿠로
다 후작 가문의 양녀가 된 가난한 분가의 소녀.
똑부러진 성격에 약간 수전노.

B-team

지나 프레디
Wing commander
GEENA PREDDY
Birthplace : Liberion
Height : 167cm
Familiar : Northern Goshawk

더 아름다워졌다는 평판의 B부대 대장. 취미는
크로스워드 퍼즐. 별명은 운이 너무 없다는 이
유로 '언럭키 프레디'…….

제니퍼 J 드 블랑
Flight lieutenant
JENNIFER J DE BLANC
Birthplace : Liberion
Height : 162cm
Familiar : Spanish Greyhound

리베리온으로 이주한 히스파니아 귀족의 후예
지만, 그것을 내세우지 않는 상냥한 소녀.

마리안 E 칼
Flight lieutenant
MARIAN E CARL
Birthplace : Liberion
Height : 166cm
Familiar : Quarter Horse

겉보기엔 청순한 아가씨지만, 귀족을 혐오하
고 입이 험하다. 리베리온 해병대에 소속된, 바
닥에서부터 올라온 노력파.

칼라 J 룩시크
Flying officer
CARLA J LUKSIC
Birthplace : Liberion
Height : 157cm
Familiar : Maine Coon

브리타니아에 주류했기 때문에, B부대 중에서
는 제일 유럽 생활에 적응했다. 콜라를 너무나
사랑하는 힘찬 소녀.

506th JOINT FIGHTER WING

NOBLE WITCHES

「고작 해야 한 대!
선조치 후 보고면 된다! 해치우자!」

제506 통합전투항공단
하인리케 프린체신
추 자인 비트겐슈타인

「찾았다! 저거, 저거 맞죠!

제506 통합전투항공단
쿠로다 쿠니카

「506이라니, 벌써 창설됐나?」

연합군 제1 독립 특수작전항공단
게르트루트 바르크호른
Flight lieutenant
GERTRUD BARKHORN
Birthplace : Karlsland
Height : 162cm
Familiar : German Pointer

연합군 제1 독립 특수작전항공단
에리카 하르트만
Flying officer
ERICA HARTMANN
Birthplace : Karlsland
Height : 154cm
Familiar : Dachshund

연합군 제1독립 특수작전항공단
하이데마리 W. 슈나우퍼
Squadron leader
HEIDEMARIE W SCHNAUFER
Birthplace : Karlsland
Height : 158cm
Familiar : Gyrfalcon

「모두, 긴급사태야. 스당의 506소속 위치가 초계 임무 중에 연락이 끊어졌어」

연합군 제1 독립 특수작전항공단
미나 디트린데 빌케
Wing commander
MINNA-DIETLINDE WILCKE
Birthplace : Karlsland
Height : 165cm
Familiar : Grey Wolf

「……등, 씻겨 줄게」

「아, 저기?」

새하얗고 부드러운 피부는 역시 화족의 아가씨라는 느낌이었다.

노블 위치스
제506 통합전투항공단 비상!

원작 시마다 후미카네 & Projekt World Witches
글 난보 히데히사

NOBLE WITCHES
Shimada Humikane & Projekt World Witches

CONTENTS

저자 난보 히데히사 **일러스트** 시마다 후미카네, 이누마 도시노리
디자인 누마 도시미츠 **번역** 김정규 **마케팅** 김정훈
편집 김일철, 김종진 **교정** 정성학 **주간** 박관형

NOBLE WITCHES
Shimada Humikane & Projekt World Witches
STORY

노블 위치스. 그것은 갈리아 해방 후
파리 방위를 위해 설립된 통합전투항공단이다.
하지만 집결한 위치들의 마음은 하나가 아니다.
어떤 이는 고귀한 의무를 위해, 어떤 이는 돈을 위해,
어떤 이는 좌천돼서, 그리고 또 어떤 이는 어쩌다 보니.
수도의 방위는 그녀들에게 맡겨라! ……정말 괜찮을까?

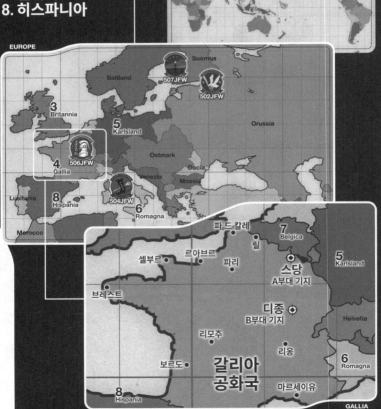

NOBLE WITCHES
Shimada Humikane & Project World Witches

WORLD

1. 후소 황국
2. 리베리온 합중국
3. 브리타니아 연방
4. 갈리아 공화국
5. 제정 카를스란트
6. 로마냐 공국
7. 벨기카
8. 히스파니아

WORLD

1 Fusó

2 Liberion

EUROPE

Baltland

Suomus

507JFW

502JFW

3 Britannia

5 Karlsland

Orussia

Ostmark

4 Gallia

506JFW

Dacia

Lusitania

8 Hispania

Venezia

Moesia

504JFW

6 Romagna

Morocco

파 드 칼레

7 Belgica

셸부르

르아브르

릴

스당
A부대 기지

5 Karlsland

파리

브레스트

디종
B부대 기지

Helvetia

리모주

리옹

갈리아
공화국

6 Romagna

보르도

8 Hispania

마르세이유

GALLIA

팀워크에 대한 불안?
전혀 없다고 할 수 없겠죠.

로잘리 드 엠리코트 드 그륀
(제506 통합전투항공단 명예 대장 취임 당시, 『르 몽드』와의 인터뷰에서)

끝없이 이어지는, 바다처럼 넓은 초록색 숲.

그 상공을, 아무리 봐도 생물 같지 않은 무기질적인 비행체가 V자 편대를 짜고 이동하고 있다. 그 숫자는 30에서 40 가량.

지금 그 비행체, 네우로이 무리에 4개의 작은 기체가 남서 방향으로부터 접근하고 있다.

마법력을 구사해서 현대의 빗자루, 스트라이커 유닛을 착용하고 하늘을 누비는 소녀들이다.

"으아~! 소형이 잔뜩! 진짜 귀찮게!"

이마에 손을 대고, 눈을 가늘게 뜨고서 적기를 확인한 검은 머리의 소녀는 후소 황국에서 온 쿠로다 쿠니카 중위. 겉보기엔 상당히 서민적이지만, 이래 봬도 명문 화족 쿠로다 후작 가문의 양녀다.

"아니, 본체는 한 대다. 나머지는 소형 기총이나 포대가 달린 작은 더미 같은 것이다."

눈을 가늘게 뜨고 대담하게 웃는 사람은 하인리케 프린체신 추 자인 비트겐슈타인 대위. 프린체신은 왕녀를 칭하는 단어. 한 눈에 봐도 귀족이라는 것을 알 수 있는 기품있는 용모인 그녀는, 정비반 사람들이 공주님이라 흠모하고 숭배하는 전투대장이다.

"그럼 전부 격추해도 한 대 취급? 뭐야~"

쿠니카는 가슴 앞에 안고 있던 MG42를 고쳐 잡으며, 낙담한 듯이 한숨을 쉬었다.

"……그럼, 특별 수당도 없고?"

──중위, 전 지금까지 특별 수당이라는 걸 준 적이 없고, 앞으로도 줄 생각이 없어요.

귀에 있는 인컴에서 들려오는 맑고 아름다운 목소리. 그 목소리의 주인은 스당에 있는 기지에서 지시를 내리는 명예 대장 로잘리드 엠리코트 드 그륀이었다.

"그냥 말해 본 거예요, 대장."

쿠니카가 천진난만하게 웃었다.

"백에 한 번쯤은 실수로라도 주지 않으려나~ 싶어서."

"수당보다 기본급이 올라가는 게 더 좋지 않을까?"

라고 말하며 끼어든 사람은 벨기카 귀족의 피를 이어받은 이자벨 뒤 몽소 드 바간데일. 중성적인 분위기의 이자벨은 위치로서 국가의 도구가 되는 것을 우려한 부모님이 남자아이처럼 키웠다는 특이한 경력을 지녔고──.

"여기서 격추 당하면 확실하게 두 계급 특진. 수당도 팍팍 올라갈 겁니다, 고(故) 쿠로다 소령님?"

조크 센스도 상당히 특이했다.

"아이작, 그쯤 해 둬라. 접촉한다."

잡담을 막은 것은 로마냐 귀족 아드리아나 비스콘티 대위. 가식 없는 말투와 군기 위반 때문에 좌천당했다가 전과를 올려서 원대 복귀를 반복하는 문제아인데──

"……여러 전선을 다녀 봤지만, 내가 모범생이라고 생각한 건 이 부대가 처음이다."

아드리아나가 그렇게 중얼거리며 쓸쓸하게 웃을 정도로, 갈리아의 하늘을 지키는 제506 통합전투항공단 A부대는 개성파들만 모인 곳이었다.

그리고 그 개성파 위치들이 모두 귀족 출신.

그래서 그녀들은 이렇게 불리고 있다.

'노블 위치스'라고.

"B 놈들이 오기 전에 처리한다! 놈은 이 몸의 사냥감이다!"

하인리케가 고도를 올리자는 듯, 쿠니카에게 수신호를 보냈다.

"하긴. 그 머스터드들한테 전과를 빼앗기는 건 싫으니까."

비슷한 성격 때문인지 평소에 걸핏하면 하인리케와 충돌하던 아드리아나가 어쩐 일인지 동의했다.

두 사람이 말한 B부대란, 머스터드로 유명한 디종에 기지가 있는 506의 B부대. 대서양 건너 리베리온에서 파견된 위치들로 구성된 별동대다.

원래는 각국을 대표하는 위치들로 구성됐어야 할 통합전투항공단. B부대도 하인리케나 쿠로다가 있는 A부대와 하나가 될 예정이었지만, 멤버 대부분이 귀족이 아니었기 때문에 상층부 일부——솔직히 말해서 전후 갈리아의 기득권을 리베리온에 빼앗기는 것을 우려한 브리타니아——가 합류를 거부했다. 그리고 상층부의 대립이 대원들에게도 영향을 줘서, 귀족인 A와 귀족이 아닌 B는 여러모로 부딪히는 일이 많았다.

——B부대가 와도 도발하지는 말고…….

로잘리가 다시 한 번 말했다.

하지만.

"비스콘티 대위와 바간데일 소위는 현재 고도를 유지! 쿠로다 중위는 나를 따르라!"

——저기…….

"예~ 알겠습니다!"

"알았다, 대위."

"이쪽도 알겠습니다."

——여기는 스당. 누구, 제 말 좀——

다들 로잘리의 목소리가 들리지 않는 것도 아니고, 일부러 대답을 안 하는 것도 아니다. 하인리케가 정신없이 명령을 내렸기 때문에, 그에 대답하기도 바쁘기 때문이다.

"쿠로다 중위는 이 몸을 엄호! 놈들의 위로 올라가서 강습한다! 비스콘티 대위, 바간데일 소위는 후방으로 돌아가라!"

——저기, 제 말 좀 들어 줬으면 좋겠는데요——

로잘리의 목소리에서 포기한 기색이 감돌았다.

"저 네우로이들, 이제 곧 B부대가 기다리는 공역으로 들어가는데요. B부대 사람들한테 맡기면 편하지 않을까요?"

쿠니카가 10시 방향에 있는 네우로이 편대를 내려다보며 하인리케에게 질문했다.

——……저기요~ 여보세요~

로잘리는 반쯤 포기한 목소리로 주의를 끌어보려고 했지만 결과는 변함이 없었다.

한편.

"쿠로다 중위, 쓸데없는 불평은 그만둬라! 놈들에게 공을 빼앗길 수는 없다! 설령, 조금이라 해도!"

쿠니카에게 돌아온 것은 하인리케의 질타였다.

"그치만, 이번 달은 월급 받는 만큼은 일했다고요."

그렇게 대답하며 뾰루퉁해지는 쿠니카.

"잘 들어라, 쿠로다 중위! 우리 노블 위치스는 급여를 받기 위해 싸우는 게 아니다! 무엇보다 귀족에게는 예로부터 고귀한 의무가──"

하인리케가 잔소리를 계속 하려고 했지만──

"느끼한 소리 그만 해라, 비트겐슈타인 대위."

아드리아나가 끼어들었다.

"느, 느끼하다고?! 이 몸이 느끼하단 말인가?"

매서운 눈으로 아드리아나 쪽을 노려보는 하인리케.

"그래. 올리브 오일을 너무 많이 넣은 치킨 카치아토레보다 느끼하다."

"저기 두 분, 접촉하겠는데요, 네우로이랑."

이자벨이 하인리케와 아드리아나의 주의를 끌었다. 분명히, 네우로이는 눈앞까지 다가와 있다.

──……여보세요~?

인컴에서 들려오는 로잘리의 힘없는 목소리.

"대장, 이야기는 돌아가서 듣겠다! 알겠나?!"

드디어 하인리케가 로잘리한테 대답했다. ……이걸 대답이라고 할 수 있다면.

──예.

멀리 떨어진 곳에 있는 기지에서는, 로잘리가 마이크를 잡은 채로 축 늘어졌다.

"전투 개시!"

하인리케가 호령하자, 위치들이 네우로이를 공격하기 시작했다.

"일하자, 일~"

쿠니카가 방아쇠를 당겼고, 먼저 더미를 두 대 격추해서 하인리케가 접근할 길을 만들었다.

아드리아나와 이자벨은 좌우 후방에서 한 대씩 섬멸해나갔다.

여기까지는 아주 순조로운 전개다.

하지만.

소형 더미에서 갈고리 같은 것이 나오더니, 가까이에 있는 더미들과 차례차례 연결되기 시작했다.

그리고, 네우로이는 하나의 고리 같은 모양이 됐다.

"전개! 거리를 벌려라!"

그렇게 외친 다음 순간,

네우로이가 고속으로 회전하면서 빔을 난사했다.

빔은 쿠니카 일행은 물론, 아래쪽에 있는 숲에도 쏟아져서 불길을 피워 올렸다.

"그렇게 나왔단 말이지. 고속회전이라 코어의 위치를 알 수가 없어."

아드리아나가 고도를 낮추면서도 대담하게 웃었다.

"다리가……."

이자벨이 선화하면서 아래쪽을 가리켰다. 빔이 계곡에 걸쳐진 돌다리에 명중하자 다리가 나무 블록 장난감처럼 무너졌고, 강물 위에 물기둥이 솟았다.

"이 피해, 우리 부대에서 변상해야 하는 건 아니죠?"

빔을 피하며 중얼거리는 쿠니카.

"지난달부터 민간 피해는 출격한 대원이 절반씩 내기로 정했어. 할부는 안 된대."

이자벨이 말했다.

"말도 안 돼!"

"쿠로다 중위! 그 녀석의 질 나쁜 조크를 진지하게 받아들이지 마라!"

하인리케는 엄호 담당인 쿠니카를 떠밀면서 네우로이 앞으로 나섰다. 그 때, 손등이 쿠니카의 코끝을 때렸다.

"아야! 코 맞았어!"

쿠니카는 얼굴 한복판을 손으로 잡으며 눈물을 글썽거렸다.

"대위, 치료비 주세요!"

그리 높다고 할 수 없는 코를 붙잡은 쿠니카가 눈물을 글썽이며 하인리케에게 호소했다.

"에잇! 네가 무슨 자해공갈단이냐!"

하인리케는 네우로이의 고리 중심으로 날아들었다.

그리고 자신의 몸을 회전시키며, 원래는 폭격기의 총좌에 사용하는 MG151/20을 허리께에 들고서 연사했다.

"어디가 코어인지 모른다면, 전부 격추한다!"

"대피!"

"으아아아아아아!"

"응. 하던 대로."

아드리아나의 말을 듣고, 서둘러 네우로이한테서 멀어지는 쿠니카와 부대원들.

푸른 하늘에 거대한 빛의 왕관이 그려졌다.

후소 화족의 명예를 짊어진다고?
잠깐, 일이 왜 그렇게 커진 거야?!

쿠로다 쿠니카 중위
(506 JFW에 합류하기 위해 유럽으로 향하는 배 위에서 있었던 인터뷰에서)

第 1 幕
CHAPTER **1**

내가 화족 아가씨라고?

몇 달 만에 온 사세보에는 왠지 그리운, 유럽의 항구와 또 다른 냄새의 바닷바람이 불고 있었다.

"돌아왔구나."

후소 황국 육군 비행 제33 전대 소속 쿠로다 쿠니카 중위는, 예전에도 이야기를 나눈 적이 있는 보초에게 웃는 얼굴로 인사를 하고는, 군항 부지 밖으로 걸음을 옮겼다.

신장 158cm에 날씬한 쿠니카 옆으로 군용 대형 트럭이 배기 파이프에서 덜컹덜컹 소리를 내며 지나갔고, 쿠니카와 엇갈려서 군항 안으로 들어갔다.

사세보는 번화한 거리고, 근처에 역도 있어서 지나가는 사람도 많은 것 같았다.

군항도 1889년에 해군 제독부가 설치됐을 정도로 역사가 오래됐다. 위치가 익숙한지, 지나가는 사람들도 쿠니카를 보며 미소를 지어졌다.

"위치 누나, 힘내요."

어머니 손을 잡고 걸어가던 까까머리 어린 남자아이가 쿠니카를 보자마자 뛰어와서 손에 들고 있던 사세보 팽이를 줬다.

'이런 거, 좋다.'

"고마워."

쿠니카는 그 자리에 웅크리고 앉아서 남자아이 머리를 쓰다듬으며 고맙다는 인사를 했다.

"응!"

남자아이와 어머니가 손을 흔들며 간 뒤에, 쿠니카는 길 건너편에 있는 버스 정류소로 갔다.

"그러니까, 시간이."

시계를 확인해 보니 오전 9시 43분.

약속시간까지 아직 17분 정도 남았다.

하지만.

"아, 저기 있다."

쿠니카의 눈에 버스 정류소 벤치에 앉아 있는 낯익은 사람이 들어왔다.

"다녀왔어요. 아버지, 어머니."

도로를 비스듬하게 건넌 쿠니카는 노타이 셔츠를 입고 중절모를 쓴 남성과, 하늘색 모시 원피스를 입은 여성에게 말을 걸었다.

"무사해서 다행이다."

아버지가 고개를 끄덕이며 대답했다.

"다녀왔구나."

어머니는 쿠니카에게 달려와서는 그 작은 몸을 꼭 안아 줬다.

"으아아! 엄마, 울지 마!"

얼굴이 새빨개진 쿠니카.

지나가던 사람들이 그런 세 사람의 모습을 보고는 필사적으로 웃음을 참았다.

"할아버지 할머니도 같이 마중 나오시겠다고, 아주 난리도 아니었다."

아버지가 미소를 지으며, 아까 쿠니카가 남자아이한테 해준 것처럼 쿠니카의 머리를 쓰다듬어 줬다. 쿠니카가 유럽에서 활약한 이야기는 당연히 아버지도 들으셨을 것이다. 그래도 아버지한테는 역시 그냥 딸일 뿐이겠지.

쿠니카는 약간 낯 간지러운 기분이 들었다.

"자, 빨리요! 할아버지랑 할머니 기다리신다면서요!"

쿠니카는 겨우 어머니한테서 떨어졌다.

유럽에서 스트라이커 유닛을 착용하고 하늘에서 내려다보는 산하와 느긋하게 달리는 버스 안에서 보는 규슈의 산자락은 역시 달랐다.

'후소의 산들은 봉긋하고 부드러운 느낌인가? 아, 그래도 혼슈 중부에 있는 산들은 좀 다르려나? 여기만 이런 건가.'

"뭐니, 버릇없게."

어머니한테 꾸중을 들으며, 쿠니카와 아버지는 버스 안에서 팥떡을 먹었다.

할머니가 만든 떡이고, 아버지가 대나무 잎으로 싸서 가지고 오셨다.

"집에 가서 먹어도 되는데."

맞는 말이지만, 버스 안에서 먹는 떡은 기차 안에서 먹는 도시락처럼 색다른 맛이다.

게다가 아버지가 물통에 차까지 담아 오셨고.

버스와 기차를 갈아타면서 미야자키에 도착하자, 벌써 저녁때가 됐다.

"그런데, 어디 들렀다 갈 곳이 있지 않니?"

역 개찰구를 빠져나오자, 아버지가 은근슬쩍 물었다.

"안미츠 가게! 학교 근처에 있던 '미요시', 아직 있어?"

쿠니카가 웃는 얼굴로 대답했다.

"또 단 걸 먹겠다고?"

어머니가 질렸다는 듯이 고개를 저었다.

'미요시'는 쿠니카가 다니던 초등학교에서 걸어서 5분 정도 거리의 상점가에 있는, 약간 허름한 가게였다.

신빙성이 없는 이야기이기는 한데, 1800년대 초반에 창업했고 그때부터 있었다는 소문이 있는 할머니가 혼자서 꾸려 나가는 가게다.

드르륵 소리를 내며 미닫이문을 열었더니 가게 안은 어둡고 손님은 한 사람도 없었다. 하지만 포렴[1]이 걸려 있었고, 정기휴일이거나 영업시간이 끝난 것도 아니다.

"할머니~!"

가게 안으로 들어간 쿠니카는 안쪽에서 졸고 있던 나이든 여성에게 곧장 다가가서는 얼굴을 보며 씩 웃었다.

"……어이구야. 쿠로다네 말괄량이니? 살아 있었구나."

---

[1] 가게 입구에 걸어놓는 천으로 된 막. 일반적으로 영업하는 중이라는 것을 알린다.

앞치마 차림의 할머니는 흘러 내려간 안경을 고쳐 쓰고는, 졸지 않았다고 변명하는 것처럼 말했다.

"살아 있었어요~ 할머니도 잘 지내셨죠?"

예전과 똑같은 독설을 듣고, 쿠니카는 안심한 기분이 들었다.

"잘 지내기는. 중풍이 온데다 경기도 안 좋고, 배급도 줄었어. 몇 번이나 가게를 접을까 했는지. 그리고 내가 몇 번이나 말해야 알겠니. 언니라고 불러."

할머니가 쿠니카를 노려봤다.

하지만 아무리 시간을 반세기쯤 되돌린다고 해도, 언니라고 부르는 건 무리일 것 같다.

"그래서, 안미츠 먹을 거지?"

자리에서 일어난 할머니가 조리실로 갔다.

"응! 오늘은 아빠랑 엄마도 같이 왔으니까 3…… 아니, 6인분!"

쿠니카는 예전부터 친구들하고 자주 앉았던 자리에 앉았다.

"쿠니카, 아빠랑 엄마는 2인분까진 못 먹는데."

쿠니카 앞자리에 앉은 아버지가 어머니와 얼굴을 마주보며 말했다.

"무슨 소리야. 내가 4인분 먹을 거야."

쿠니카가 웃음을 터트렸다.

"너희가 자식을 데리고 올 줄이야."

할머니가 맥주 회사 이름이 적힌 냉수 컵을 세 사람 앞에 내려 놨다.

"아, 예. 고맙습니다."

아버지가 몸을 움츠리며 눈을 돌리자, 할머니는 그 얼굴을 보면서 손가락을 곱으며 숫자를 세기 시작했다.

"18, 아니 19년만인가? 교복 입고 연애질 하던 애들이 어느새 이런 딸까지 두고."

어머니가 얼굴이 새빨개져서 고개를 숙였다.

"어, 뭐야? 엄마랑 아빠도 '미요시'에 온 적 있었어?"

눈이 휘둥그레진 쿠니카가 부모를 번갈아 쳐다봤다.

"둘 다 교칙 위반인 '랑데부~'인가 하는 그거였지. 남학생이랑 여학생이 풍기위원 몰래 우리 집에 숨어서 만남을 가졌어.

할머니가 틀니를 드러내며 웃었다.

"라, 랑데부라뇨."

어머니가 애들 교육에 안 좋다는 듯이, 고개를 숙인 채 헛기침을 했다.

"그, 그 얘기는 그만 하세요."

아버지도 뭔가 불편한 것 같다.

"다음에 너 혼자 오렴. 재미있는 얘기 해 줄 테니까."

할머니는 쿠니카한테 눈짓을 하고는, 안쪽에 있는 조리실로 들어갔다.

"그렇지, 해군 제독부에서 얘기는 들었니?"

아버지는 냉수를 단숨에 들이켜고 다른 이야기를 꺼냈다.

"그러니까, 사령은 아직 안 내려왔지만, 새로운 부대에 배속된다는 것 같아. 그래서 일단 여기로 돌아오게 됐고."

아무래도 귀족──후소에서는 화족이라고 한다──들로 구성된 부대를 창설하기로 했고, 다른 적당한 후보가 없었기 때문에 쿠니카가 멤버로 뽑혔다는 것 같다.

하지만 쿠니카의 집안은 방계 중에서도 방계.

지금의 쿠로다 가문 당주와 쿠니카의 할아버지가 6촌인가 그 쯤 된다고 했고, 본가 사람들은 연말연시랑 추석, 춘분, 추분 때 인사하는 정도 말고는 아무런 교류가 없다.

그런데 갑자기 화족 취급을 받게 돼서 쿠니카도 상당히 당황했지만, 딱히 거부할 이유도 없었다.

그리고 귀족 부대라면 특별 수당도 나올 거라고, 혼자서 그런 생각도 했다.

"자."

할머니가 안미츠 여섯 그릇을 테이블에 내려놨다.

"오랜만에 전쟁터에서 돌아왔으니까, 오늘은 내가 내는 거다."

"와~~!"

쿠니카가 손뼉을 치면서 기뻐했다.

"아니, 그럴 수는 없죠."

지갑을 꺼내려는 아버지.

"내 얼굴에 먹칠을 하겠다는 거냐?"

할머니가 꽤 무서운 얼굴을 하고 아버지를 쳐다봤다.

"아뇨, 감사히 먹겠습니다."

아버지는 자리에서 일어나 차려 자세를 했다.

그리고 쿠니카는 벌써 첫 번째 그릇을 거의 다 비웠다.

다음날.

쿠니카는 부모님과 함께 쿠로다 후작 가문의 본가로 가고 있었다.

"어제 할머니가 만드신 '가네'도 먹었잖아! 여행 하면서 쌓인 피로도 다 풀렸어!"

간만에 전통복장을 한 쿠니카는 소매를 흔들며, 완만한 오르막인 좁은 길을 사뿐히 걸어갔다.

"쿠니카는 '가네'를 정말 좋아하는구나."

정장 차림의 아버지가 말했다.

'가네'란 고구마와 호박이 들어간 튀김으로, 미야자키의 향토 요리다.

원래 미야자키에서 가네란 게를 뜻하는 말이었지만, 요리의 생김새가 게와 닮아서 그렇게 부르게 됐다는 것 같다.

물론 말린 전갱이 구운 것과 오이와 차조기를 구수한 보리밥에 얹고, 거기에 시원한 된장국물을 부어 먹는 것도 너무나 좋아한다.

벌써 겨울에 들어서려고 하는 계절이지만, 그래도 이 근방은 유럽과 비교하면 한참 따뜻하다.

몸이 유럽의 기온에 익숙해졌다 보니, 속옷 안쪽에 살짝 땀이 맺혔다.

"본가까지 꽤 머네."

역에서부터 걷기 시작한 지 벌써 30분 정도가 지났다.

"도시락이 들어 있는 바구니라도 들고 있으면, 피크닉 가는 기분이 들 텐데."

"본채는 제도 아카사카에 있어. 오다와라하고 누마즈에도 별채가 있고. 뭐, 나도 가 본 적은 없지만."

아버지가 웃으며 머리를 긁적였다.

"아까부터 저기 보이는데."

그렇게 말하면서 눈을 가늘게 뜨고 길 저편을 올려다보는 외출복 차림의 어머니.

　하지만 그렇게 따지자면, 제도에 있는 후지미 언덕에서도 후지산은 보인다.

　"본가는 보일 때부터가 시작이야. 아빠 스쿠터 타고 왔으면 될 텐데."

　쿠니카가 그렇게 말하기는 했지만, 사실 아버지 스쿠터는 너무 오래돼서 크게 기대할 수가 없는 물건이었다. 시원하게 달릴 수 있는 건 세 번 중 한 번 꼴이라, 아버지도 일할 때는 타고 가지 않았다.

　그래도 쿠니카가 어렸을 때는 자주 아버지 뒷자리에 타고, 카나리야자 나무가 있는 니치난 해안이나 텐진산 공원에 가기도 했다.

　"세 사람이 타는 건 무리야."

　아버지 스쿠터를 그다지 믿지 않는 어머니가 고개를 저었다.

　"그리고 쿠니카, 오늘은 그 옷 입었잖아?"

　아버지도 손가락으로 쿠니카를 가리키면서 말했다.

　"으~ 그랬지."

　쿠니카는 장뇌 냄새가 나는 옷자락을 잡고 파닥파닥 흔들어서 다리 사이에 바람을 집어넣었다.

　"………그런데 말이야. 본가에서 나 같은 애한테 무슨 볼일이지?"

　"쿠니카가 귀국하기 보름 전이었나. 당주께서 귀국하는 대로 하마마치에 있는 본가로 데리고 오라고 연락을 주셨거든."

　아버지가 넥타이를 바로잡고 어깨를 으쓱했다.

"뭐, 쿠니카는 세계를 위해서 네우로이랑 싸우고 있으니까. 칭찬이라도 해 주시려는 게 아닐까?"

"분가 주제에 설치지 말라고 혼나는 건 아닌지……."

어머니는 걱정하는 얼굴이다.

"너무 나쁜 쪽으로 생각하지 말고."

아버지는 웃으며 말했지만, 쿠니카도 본가에는 그다지 좋은 기억이 없다.

아케노에 있는 위치 양성 학교에 들어가기 전까지는 매년 새해 인사하러 갈 때 같이 갔었는데, 분가인 아버지와 어머니를 한 두 계단 정도가 아니라 열여덟 계단 정도 아래에 있다고 얕잡아보는 것을 어린아이가 보기에도 확실히 알 수 있었다.

그러는 사이에, 세 사람은 겨우 쿠로다 저택의 대문에 도착했다.

문 옆에는 검은 정장을 입은 남자 두 사람이 부동자세로 서 있었다.

본가에는 이렇게 경비하는 사람들이 이 사람 말고도 몇 명이나 더 있다는 것 같다.

아버지가 모자를 벗고 인사하자, 남자 중에 한 사람이 눈짓으로 들어가라고 했다.

"고마워요~"

쿠니카가 손을 흔들며 미소를 짓자, 한 사람이 자기도 모르게 험악한 표정을 풀고 인사를 했는데, 그러자 다른 사람이 그 사람을 노려봤다.

대문에서 현관까지, 하얀 자갈이 깔린 바닥 한복판에 화강암 석판으로 만든 징검다리 모양 길이 이어져 있었다.

쿠니카는 배 사이를 뛰어다녔다는 요시츠네처럼 폴짝폴짝 뛰면서 화강암 길을 걸어갔다.

"실례합니다~~!"

현관에서 쿠니카가 큰 소리로 부르자, 전통 가옥에는 어울리지 않게 연미복을 입은 남성이 나타나서 인사를 했다.

유럽에서는 가끔씩 봤던 집사라고 불리는 사람 같다고, 쿠니카는 그렇게 생각했다.

"쿠로다 쿠니카 중위와 그 부모님이십니까? 이쪽으로."

백발에 연미복을 입은 남성은 세 사람을 안쪽 방으로 안내했다.

"아빠, 꽤 긴장된다."

복도를 걸어가며 쿠니카가 아버지에게 말했다.

연말연시 인사는 현관에서 했기 때문에, 이런 안쪽까지 들어와 본 건 처음이었다.

"그, 그러게."

아버지는 가슴 주머니에서 손수건을 꺼내서는 관자놀이의 땀을 닦았다.

"손님이 오셨습니다."

연미복 입은 남자가 멈춰서더니, 장지문을 열고서 안에서 기다리는 사람들에게 말했다.

아홉 평 정도 되는 큰 방 안에는 본가 사람들이 다 해서 스무 명 정도, 좌우 두 줄로 나란히 앉아 있었다.

쿠니카하고 비슷한 또래인 소녀도 있었는데, 그다지 호의적이지 않은 눈으로 쿠니카를 쳐다봤다.

상석에 앉아 있는 사람은 콧수염을 기르고 하카마에 하오리를 걸친 남성.

쿠니카가 보기엔 아버지보다 몇 살 정도 많아 보였다.

"안녕하세요."

'절대로 기 죽지 않을 거야.'

쿠니카는 마음속으로 그렇게 생각하고, 콧수염 남자 앞으로 걸어갔다.

"황국 육군 비행 제33 전대, 쿠로다 쿠니카 중위인가?"

콧수염 남자가 쿠니카에게 물었다.

"그렇습니다."

방석이 있으니 앉아도 될 거라고 생각하고, 쿠니카는 자리에 앉았다.

"나는 당주 대리다."

콧수염 남자는 웃음기 없는 표정으로 말했다.

"아, 예."

쿠니카는 애매하게 대답했다.

'당주는 할아버지랑 동갑이라고 했으니까, 이 사람은 아들이려나?'

"본가에 불려온 이유는 알고 있나?"

"아뇨, 전혀."

콧수염 남자가 또다시 물어서, 쿠니카는 고개를 저었다.

"금일부로, 너를 본가의 양녀로 삼기로 결정했다."

"예?!"

쿠니카는 깜짝 놀랐다.

너무 놀라서 사역마인 시바견의 귀가 머리 위로 뿅, 하고 튀어나왔을 정도였다.

"제506 통합, 통합 항공 전투——"

콧수염 남자가 중간까지 말하다가 얼굴을 찌푸렸다.

"제506 통합전투항공단?"

도와주는 쿠니카.

"그러하다."

콧수염 남자는 얼굴이 살짝 발그레해져서 헛기침을 했다.

"그런 이름의 부대에 후소 황국에서 인재를 파견하게 됐고, 이 쿠로다 가문이 거기에 선택됐다. 아쉽게도 본가에는 위치가 없지만, 너라면 화족이라 자처해도 된다는 것이 육군의 판단이다."

"하지만——"

"말해도 된다고 한 적 없다."

난 그런 얘기 못 들었다고 반론하려는 쿠니카의 말을 콧수염 남자가 가로막았다.

"애당초 분가에 위치가 나온 시점에서 양녀로 들이자는 이야기가 있었다. 하지만 분가의 계집애에게 위치가 발현됐는데 본가 사람이 위치가 되지 못할 리가 없다는 것이 친족들의 중론이었기 때문에, 지금까지 보류해 두고 있었다."

'아까부터 날 노려보는 게 그 본가 애구나?'

쿠니카는 그쪽을 슬쩍 봤다.

귀족 집 아가씨들이 다니는 학교의 교복을 입은, 아마도 웃으면 귀여워 보일 것 같은 아이다.

주위에서 기대해 주는데 그에 보답하지 못해서 분한 기분은 쿠니카도 잘 알고 있다.

쿠니카는 본가의 딸을 약간 동정했다.

"쿠니카, 너는 쿠로다 후작 본가의 딸로서 노블 위치스에 들어가게 된다."

"노블 위치스?"

"파리 방위를 위해 귀족 영애들로만 구성되는 새로운 부대라고 한다."

귀족 마녀, 노블 위치스.

신설 부대의 호칭까지는 아직 못 들었고, 파견을 위해서 양녀로 들인다는 일은 상상도 못 했었다.

'내가 화족이라니, 너무 이상하잖아!'

"본가의 체면을 위해 이 아이를 양녀로 들이시는 겁니까?"

어머니가 쿠니카를 지키려는 듯이 나섰다.

"설령 명목상이라고 해도 본가의 딸이 되면 분가의 자식으로 만족하는 것보다 훨씬 행복하지 않겠는가."

콧수염 남자가 얕보는 듯한 미소를 지었다.

"그 점을 모를 정도로 어리석지는 않겠지."

"………."

어머니는 입술을 깨물며 고개를 숙였다.

"아니면, 본가에 거역하겠다는 것인가?"

"……아뇨, 그건."

쿠니카는 콧수염 남자를 보면서 어머니 손을 잡았다.

"양녀라는 게 말로만, 이라는 거죠?"

"물론이다."

거창하게 고개를 끄덕이는 콧수염 남자.

"이 저택에 살게 된다거나, 재산을 받으리라는 기대는 하지 말도록."

'누가 기대나 한대!'

한 마디가 아니라 열 마디고 스무 마디고 해 주고 싶었지만, 부모님한테 폐가 될 것 같아서 꾹 참았다.

"그렇다면, 한 번 보도록 하자."

콧수염 남자가 자리에서 일어났다.

"네가 쿠로다의 이름에 걸맞은 위치라는 것을, 사람들에게 보여 주도록 해라."

"그런데, 어떻게요?"

아무리 그렇게 말해도, 갑자기 어떻게 보여주라는 건지.

"아주 조금이면 됩니다. 스트라이커 유닛을 써서 시범을 보이시면 됩니다."

멍하니 있는 쿠니카의 귓가에, 조용히 다가온 아까 그 연미복 입은 남성이 속삭여 줬다.

친족 일동의 호의적이라고 할 수 없는 시선 속에서 그나마 이 사람은 내 편인 것 같다.

"하지만, 스트라이커 유닛이——"

"여기 준비했다."

콧수염 남자가 장지문을 열었다.

그 너머에는 안뜰——이라고 부르기에는 어지간한 공원보다 넓은——이 있었고, 한복판에 있는 비단잉어들이 헤엄치는 연못 근처에 이동식 행거와 스트라이커 유닛이 준비돼 있었다.

"저건 3식 전투각 I형 병……. 어째서 여기에?"

쿠니카의 눈이 휘둥그레졌다.

"쿠로다의 재력을 우습게 보지 마라."

콧수염 남자가 콧방귀를 뀌었다.

"황국의 스트라이커 개발에 우리 쿠로다 후작가도 적잖이 원조를 했다. 빌리는 것 정도는 일도 아니지."

'유럽에는 가족을 잃고 집을 잃은 사람들도 많은데, 겨우 이런 일 때문에 불러들인 거야?'

자신이 싸우는 건 할아버지 할머니, 어머니 아버지를 편하게 해주기 위해서.

평소엔 그렇게 생각하면서 싸우고 있던 쿠니카지만, 점점 화가 났다.

그래도, 어떻게든 참고 정원으로 나가서 행거 앞에 섰다.

3식 전투각 I형 병은 연습기로 사용하는 기체인지, 몇 번인가 칠을 다시 한 흔적이 보였다.

'정비는 제대로 됐으려나?'

슬쩍 현관 쪽을 보니 불안해하는 것 같은 어머니와 아버지가 보여서, 쿠니카는 안심시키기 위해서 웃는 얼굴로 손을 흔들었다.

"자, 그럼."

행거 기둥에 손을 짚은 쿠니카는 뛰어서 스트라이크 유닛에 탔다.

두 다리가 유닛 속으로 쏙 들어가자 빛의 마법진이 나타났고, 프로펠러가 회전하기 시작했다.

그런데.

"어?"

날아오르려고 한 순간.

쿠니카의 몸이 어딘가에 튕겨난 것처럼 옆으로 날아갔다.

'제어가──'

정원의 소나무에 어깨를 부딪치고, 그 줄기를 깎아내며 튕겨나서는 얼굴부터 잔디밭에 처박혔다.

'안 되잖아!'

부드러운 잔디에 얼굴이 묻혔다.

친족들의 실소가 귀에 들려 왔다.

"쿠니카!"

달려오는 사람은 아마 아버지와 어머니겠지.

'아빠의 저 목소리. 어릴 때, 내가 개울에 빠졌을 때랑 똑같아. 난 괜찮은데, 당황해서는.'

"………푸하!"

쿠니카는 잔디에 묻혔던 얼굴을 들고, 입에 들어간 흙을 뱉었다.

"괜찮아."

당황해서 손수건을 꺼내는 어머니한테 말했다.

"다친 곳은?"

연미복 입은 남성이 부축해 줘서, 쿠니카는 잔디 위에 앉았다.

"그러니까…… 저기, 집사 아저씨?"

"그렇습니다."

쿠니카가 고맙다고 말하자 집사 분도 아주 살짝, 다른 친족들한테 안 보이게 살짝 미소를 지었다.

"어떻게 된 거니?"

아버지가 쿠니카의 얼굴을 보며 말했다.

"별 거 아냐. 양쪽 유닛의 출력이 생각보다 너무 달라서, 조금 당황했을 뿐이야. 정비 불량인가?"

어깨를 으쓱하는 쿠니카.

하지만.

정비 불량 정도로 이렇게 극단적인 출력 차이가 생길 리가 없다.

누군가가 쿠니카를 창피하게 만들려고, 혹은 다치게 하려고 일부러 그랬을 것이다.

'누구 짓이지?'

자신을 걱정해 주는 아버지의 어깨 너머로 저택 쪽을 보니, 본가의 딸이 슬며시 웃는 모습이 보였다.

'틀림없이 저 애겠지.'

하지만, 스패너 한 번 쥐어 본 적이 없는 저 아이가 스트라이커 유닛에 손을 대는 건 아마도 무리. 누군가, 기계를 잘 아는 사람한테 시켰겠지.

"저렇게 꼴사나운 인간이 이 쿠로다 가문의 이름을 짊어지고 유럽으로 간다는 말인가요?"

"엄청난 추태네요."

"어차피 분가의 계집, 저게 한계 아닐까?"

"괜찮겠습니까? 분가 계집이 가문의 이름을 더럽히는 일은 있어선 안 됩니다."

그 아이만이 아니다.

나이 먹은 어른들도 하나같이 쿠니카를 무시하는 말들을 늘어났다.

'이 사람들, 전부 이런 게 보고 싶었던 거야. 뭐, 상관없지만.'

쿠니카는 가슴과 얼굴에 묻은 흙을 털어내고는, 마법력을 집중해서 몸을 띄웠다.

"아까 그건 없던 일로 해 줘. 지금부터가 진짜야."

바람이 잔디 조각과 나뭇잎을 날렸고, 비단잉어가 있는 연못에 파문을 일으켰다.

'미안하지만, 더 이상 당신들을 재밌게 해 주진 않을 거야.'

아까는 갑작스런 일이라 당황했다.

하지만 좌우 출력 차이가 어느 정도인지 몸으로 익히기만 하면, 그 다음은 일도 아니다.

한쪽 다리로, 게다가 다친 전우를 끌어안고 날아 본 적도 있었다.

'그래. 그 때는 훨씬——'

쿠니카의 기억이 과거로 날아갔다.

＊　　　＊　　　＊

유정에 격돌해서 불길에 휩싸인 소형 네우로이가 나선을 그리며 모래 언덕에 처박혔다.

흙먼지가 날리고, 폭풍 때문에 건조하고 뜨거운 공기가 흔들렸다.

"위험했다. 지금 공격으로 탄약이 다 떨어졌어."

쿠니카는 잠시 망설인 뒤에, 탄창이 텅 빈 MG42를 버렸다.

하는 김에 검은 연기를 내뿜고 작동하지 않는 오른쪽 스트라이커 유닛도 벗어던졌다.

"……미안해, 데리고 가지 못해서."

이제 몸이 훨씬 가벼워졌다.

──작전 종료! 철수한다!

잡음 섞인 대장의 명령이 인컴을 통해서 들려 왔다.

주위를 둘러보니 다른 위치들이 피곤한 얼굴로 돌아가려 하고 있다.

쿠니카도 선회하고, 똑바로 기지를 향해 날아가기 시작했다.

다들 어딘가에 상처를 입었다.

홍해 방면에서의 임무 중에서도 유전을 지키는 이번 작전은 섭 씨 50도에 가까운 기상 조건과 적인 네우로이의 숫자까지, 여러 가지 의미로 지금까지 중에서 가장 가혹한 싸움이었다.

지상부대의 피해도 막대해서, 전차와 하프트럭의 잔해가 파편에 반쯤 묻힌 채 연기를 피워 올리고 있다.

"……날 두고 가."

등에 업은 전우 위치가 쿠니카의 팔을 잡고서 신음했다.

"왜?"

쿠니카는 마음대로 움직일 수 있는 오른손으로 그 손을 잡아 주며 말했다.

등에 업은 위치의 숨소리가 상당히 약해진 걸 알 수 있다.

"한쪽 다리만 가지고는 기지로 귀환할 수 없을지도 모르는데, 나까지 업고 가는 건 무리야, 쿠로다."

등에 업은 위치가 냉정하게 말했다.

"항상 말했잖아? 월급 받은 만큼은 확실하게 일해서 할아버지, 할머니를 편하게 해 주겠다고. 이건 월급에 포함되지 않는 일 아냐?"

그렇다.

쿠니카에게 싸움은 그냥 '일'일 뿐이다.

가족을 먹여 살리기 위한 것이다.

'숭고한 의무'라는 생각은 해 본 적이 없다.

하지만.

"혹시 모르잖아? 돌아가서 대장한테 물어볼게, 특별 수당 주면 안 되냐고."

쿠니카는 앞만 똑바로 보며 날아갔다.

전우의 말이 맞다.

소모가 심해서, 기지까지 몇 킬로미터 남았을 때부터는 아마 걸어가야 할 것이다.

"그리고, 전에도 말했잖아. 쿠니카라고 불러."

전우의 엉덩이를 받치고 있는 왼손에 뭔가 뜨뜻한 것이 흘렀고, 손가락을 타고 떨어졌다.

"……그랬지, 쿠니카."

전우가 힘없이 웃었다.

"기지에 도착하면, 맛있는 것 사 줘."

태양이 지평선 너머로 사라진 순간부터 사막의 기온은 급격하게 떨어진다.

체력이 떨어진 사람에게는 위험한 수준까지.

쿠니카는 마법력을 짜내서 속도를 높였다.

"포기하지 않을 거야."

전우에게 하는 말인지 아니면 자신에게 하는 말인지는 쿠니카 자신도 모른다.

"………."

전우는 대답하지 않았다.

무자비한 태양이 모래언덕 너머로 가라앉았다.

안식의 밤이 찾아오려고 한다.

*　　　　*　　　　*

'그때랑 비교하면, 이딴 건—— 아무것도 아냐!'

"쿠로다 중위, 갑니다!"

스트라이커 유닛이 쿠니카의 몸을 하늘로 밀어 올렸다.

아래쪽에 있는 쿠로다 저택이 점점 작아져 갔다.

'뭐야. 큰 저택인 줄 알았는데, 하늘에서 보니까 겨우 저거였어?'

쿠니카의 입에 미소가 드리웠다.

2천 평을 넘는 저택도, 높은 하늘에서 내려다보면 자그마한 장난감 집 같다.

쿠니카가 날아가는 모습을 보려고 정원으로 뛰쳐나온 친척 일동이 마치 땅바닥에 떨어진 사탕에 모여든 개미 같다.

"자, 그럼."

쿠니카는 급강하한 뒤, 지면에 닿기 직전에 다시 상승했다.

이어서 배면비행.

몸을 틀어서 8자비행 후, 초저공비행에 들어갔다.

'약오르지~?'

어려운 것처럼 보이지만, 네우로이를 상대하는 실전에서는 훨씬 과격하게 선회를 하는 일도 자주 있다.

이 정도 움직임은 아무것도 아니다.

'괜히 이 일로 먹고사는 게 아니라고~'

비상하는 동안, 쿠니카는 지상의 족쇄에서 벗어나 몸이 바람에 녹아드는 자유를 느꼈다.

하지만 지상에 달라붙어 있는 친척들은 위치가 날아다니는 모습을 이렇게 가까이에서 본 게 처음인 것 같다.

하나같이 잔디밭 위에 가만히 서서, 얼빠진 얼굴로 하늘을 날아다니는 쿠니카를 보고 있다.

그 중에서도 입술을 깨물고 분한 표정을 짓고 있는 본가의 딸.

"구경 값은 후불로 내세요~!"

정말로 돈을 받고 싶었다.

"엇차!"

쿠니카는 본가 딸의 앞, 지상 50 센티미터 높이에서 정지하고는 하얀 이를 드러내며 웃어 보였다.

"저기, 날아 볼래?"

"나, 나는──"

얼굴이 굳어져서 뒤로 물러나는 본가 딸.

"특별 서비스야."

본가 딸의 양쪽 겨드랑이에 손을 집어넣어 끌어안고, 쿠니카는 다시 하늘로 날아 올라갔다.

"히이이이이이이이익!"

본가 딸의 비명이 맑은 하늘에 울려 퍼졌다.

"그렇게 대단한 G도 아닌데?"

수직 급상승을 하며, 쿠니카는 본가 딸한테 말했다.

"실전에선 말이야, 훨씬 엄청나."

이래 뵈도 꽤 신경써 주고 있는 것이다.

"이쯤이면, 아직 지상 1,000미터 정도려나?"

"이, 이거 놔!"

본가 딸은 얼굴이 창백해져서 필사적으로 발버둥 쳤다.

"놔줄 수는 있는데, 위험하거든?"

쿠니카는 살짝 손을 풀었다.

"하지 마, 놓지 말라고!"

이번에는 꽉 매달려서 애원했다.

"뭐야~? 어느 쪽인데?"

당연히 정말로 놔 버릴 생각은 없다.

"아무튼 내려줘어어어어어어!"

"잘 내려갈 수 있으려나? 이 스트라이커, 왠지 상태가 안 좋아서."

쿠니카가 살짝 짓궂게 중얼거렸다.

"미안해, 내가 그랬어! 미안해, 미안해, 미안해, 미안해, 미안해, 미안해, 미안해, 미안해, 미안해, 미안해, 미안해, 미안해! 사과할 테니까, 용서해 줘~!"

본가 딸은 엉망진창인 표정으로 찢어지는 비명을 질렀다.

'혼내 주려고 하기는 했지만, 너무 심했나.'

반성한 쿠니카는 천천히 강하해서 석등 옆, 잔디밭 위에 본가 딸을 살며시 내려놓았다.

"자, 유람 비행 끝."

석등에 기대서 주저앉은 본가 딸은, 눈이 뒤집히고 입에는 거품을 물고 있었다.

"한심하네."

머리를 긁는 쿠니카.

"이, 이 무슨 야만적인!"

어머니로 보이는 중년 여성이 딸에게 달려가서 끌어안더니, 화가 난 눈으로 쿠니카를 노려봤다.

"얘, 얘야~!"

조금 전까지 거만하게 굴던 콧수염 남자도 마찬가지.

"그리고 예상대로.

"보, 본가 따님에게 이 무슨 짓을!"

"분가 주제에 주제파악도 못 하고!"

"건방지게 굴기는!"

다른 친척들이 일제히 쿠니카를 몰아붙였다.

'뭐야, 내가 일방적으로 나쁜 사람이야?'

정말 징글징글하다.

양녀 얘기는 없었던 일로 해도 좋으니까, 할아버지랑 할머니가 있는 집으로 돌아가서 휴가 기간 동안 푹 쉬고 싶다고, 진심으로 그렇게 생각했다.

하지만.

"딸을 이렇게 키운 부모도 같은 죄다."

"콩고물이라도 얻어먹으려고 온 것 같은데, 뻔뻔한 것도 정도가 있지!"

"하나같이 못된 것들이야."

"거렁뱅이 주제에!"

"본가에 거역하고 무사할 줄 아느냐!"

친척들의 악의가 부모님한테까지 향했다.

"저기요! 아빠랑 엄마는 상관없잖아요!"

소중한 부모님을 욕하자, 쿠니카도 화가 났다.

"솔직히, 먼저 싸움을 건 건——"

"그만해라, 쿠니카."

아버지가 쿠니카의 어깨에 살짝 손을 얹었다.

"집에 가자."

"당연하지. 양녀 건은 그쪽에서 사양한 것으로 처리하겠다."

콧수염 남자가 콧방귀를 뀌었다.

"며칠 전까지는 있는지도 몰랐던 분가 따위에게 쿠로다 후작 가문의 소중한 재산을 줄 수는 없지. 아주 조금이라 해도."

"처음부터 그쪽 재산 따위엔 관심 없었습니다. 전 그저 열심히 일하며 사는 사람이니까요."

쿠니카는 그렇게 대답한 아버지가 굴욕을 꾹 참고 있다는 것을 너무나 잘 알 수 있었다.

아버지도 어머니도 연말연시, 추석이나 춘분, 추분 때면 꼬박꼬박 본가에 인사하러 찾아왔다. 그런데도 며칠 전까지는 존재도 몰랐다는 말을 들은 것이다.

'본가한테 우리는 겨우 그런 존재였어.'

꽉 쥔 주먹에 힘이 들어갔다.

하지만 부모님이 참고 있는데 쿠니카가 날뛸 수는 없었다.

그 때.

"잠깐."

뒤쪽에서 낮고 차분한 목소리가 들려왔다.

쿠니카가 고개를 돌려보니, 연못가에 지팡이를 짚은 노인이 서 있었다.

바람이 불면 날아갈 것처럼 깡마른 노인이고 하얀 수염을 15센티미터 정도 길렀으며, 챤챤코라는 조끼 같은 옷을 걸치고 있다.

머리가 쿠니카하고 비슷한 높이에 있는 것으로 보아, 키도 그다지 크지 않은 분 같다.

비유하자면 만담에 나오는 은거한 할아버지 같은 사람이다.

"다, 당주님!"

사람들이 일제히 고개를 숙였다.

"아버지!"

콧수염 남자도 마찬가지였고.

'이 할아버지가…… 당주?'

쿠니카는 살짝 놀랐다.

'우리 할아버지랑 별로 다를 것도 없는데?'

콧수염 남자의 부친이라면, 좀 더 못돼 보이는 노인일 거라고 상상했다.

"아무래도 내 뜻과 다르게, 못된 짓거리를 꾸민 녀석이 있는 것 같구나?"

노인이 콧수염 남자를 노려봤다.

"이러한 촌극을 꾸민 게 네녀석이냐, 아들아?"

"아, 아닙니다."

좀 전까지의 위세는 어디로 갔는지.

콧수염 남자는 시들어 버린 배춧잎처럼 힘없이 고개를 숙였다.

"기분이 상했는가, 아가씨?"

노인이 쿠니카 쪽을 보며 말했다.

"당연하겠죠? 할아버지가 쿠로다 가문 당주예요?"

"그렇게 안 보이나?"

당주가 씩 웃었다.

"관록이 없어."

쿠니카는 딱 잘라서 말했다.

"그거 참 씁쓸허구먼."

당주는 하얀 턱수염을 매만졌다.

"자세히 보면 약간 터프하고 핸섬한 나이스 가이인데 말이다? 젊을 때는 인기 좋았어."

"아무튼, 이만 갈래요."

행거로 돌아가서 스트라이커 유닛을 벗은 쿠니카는 부모님 팔을 붙잡고 정문 쪽으로 갔다.

"양녀 이야기는 거절할래요."

"그렇게는 안 되지."

"왜요?"

쿠니카는 뾰루퉁한 얼굴로 고개를 돌렸다.

"이미 군부와 이야기가 다 됐다. 신설 부대에 화족을 보내야 하는 것은 쿠로다 가문만의 문제가 아니다. 후소 황국이 전 세계에서 창피를 당하게 된다."

"아쉽지만 전 이미 정했거든요."

쿠로다 후작가 따위는 알 바 아니다.

쿠니카는 고개를 저었다.

"그러냐."

어깨를 으쓱한 당주가 딱, 하고 손가락을 퉁겼다.

그러자 그 검은 정장 입은 남자들이 쿠니카의 앞을 가로막았다.

"양녀 이야기를 거절하고 이 자리를 떠나겠다면, 내 시체를 넘어서 가라!"

뒤에 서 있는 집사를 향해 당주가 손을 내밀었다.

"후소호를!"

"예이!"

집사는 일단 물러나더니 창을 한 자루 들고 와서 당주 앞에 공손하게 내밀었다.

길고 납작한 삼각형 창날에 자루에는 나선 무늬가 들어간 예술품 같은 창.

실제로 유서 깊은 창이다.

쿠로다 가문의 가신 모리 타헤에가 타이코 히데요시에게 사자로서 찾아갔을 때의 일이다.

우연히 술자리를 벌인 히데요시가 살짝 취해서 타헤에에게도 술을 강요했다.

타헤에는 주인을 모시고 간 자리다보니 그 술을 고사했지만, 히데요시는 자신의 뜻을 거역하는 것을 용서치 않았고, 큰 대접에 철철 넘치게 따른 술을 다 마시면 원하는 것을 주겠다고 약속했다.

그리고 멋지게 그 잔을 비운 타헤에가 히데요시로부터 받은 것이 이 명창 후소호.

그 뒤로 쿠로다 가문에 가보로 전해 내려왔다.

"늙었다고는 해도 계집애 따위한테는 지지 않는다."

조끼를 벗어던지고 어깨띠를 꽉 졸라맨 당주는 창을 한 번 휭, 하고 휘둘렀다.

"그래. 그럼 할아버지한테 이기면 가도 되는 거네."

간단한 이야기다.

이 할아버지를 쓰러트리고——봐주기는 해야겠지만——여기서 나가기만 하면 그만이다.

"그것으로 다가 아니다. 이 어리석은 놈들이 사과하게 하고, 앞으로도 보복 따위는 꿈도 못 꾸게 하겠다고 약속하마."

당주는 모멸하는 눈으로 친척 일동을 쳐다봤다.

"다칠지도 모르니까, 미안해요."

그렇게 말하며, 쿠니카도 구부리고 펴고 하면서 몸을 풀었다.

싸울 의지가 넘치고 있다.

"쿠니카 님, 이것을."

공평하게 하려는 것인지, 집사가 쿠니카에게도 일본도를 줬다.

날 길이 90 센티미터 정도의 진검이다.

"네우로이하고 싸울 때는 써 본 적이 없는데."

쿠니카는 칼을 빼고 칼집을 치운 뒤 칼을 두세 번 휘둘러 봤다.

아직 실전에서 일본도를 써 본 적이 없지만, 마법력을 쓰면 대충 그럴듯하게 쓸 수 있을 것 같다.

"쿠니카."

아버지가 헛기침을 해서 주의를 줬다.

"아, 그렇지."

쿠니카는 칼을 돌려서 칼등이 상대방 쪽으로 향하게 했다.

시체를 넘어서 가라고는 했지만, 정말로 베면 아무래도 큰일일 테니까.

"저걸 사용해도 좋다."

당주는 창끝으로 행거의 스트라이커 유닛을 가리켰다.

"핸디캡이라는 것이다."

"후회해도 난 몰라."

쿠니카는 칼집을 허리띠에 꽂고, 가볍게 스트라이커 유닛에 탔다.

시바견의 귀와 꼬리가 뽕, 하고 튀어나왔고, 다시 한 번 발밑에 눈부신 마법진이 나타났다.

"와라, 계집!"

당주가 창을 겨누며 큰 소리를 질렀다.

"갑니다~"

쿠니카는 당주를 향해, 정면으로 똑바로 달려들었다.

당연히 창이 길이가 더 길지만, 이쪽은 스트라이커 유닛을 장착했다.

속도까지 더해지다 보니 일격의 무게가 다르다.

"잡았다!"

어깨에 걸치듯이 들고 있던 칼을, 공격 거리로 파고들면서 내리쳤다.

하지만.

"어설퍼!"

당주는 왼발을 뒤로 빼며, 창날로 쿠니카의 칼날을 걸어 올렸다.

"뭐야!"

자세가 무너지는 쿠니카.

당주는 재빨리 창을 앞으로 끌어당기고, 날을 비스듬하게 휘둘렀다.

"어어어어어!"

기껏 차려입은 옷의 소매가 크게 찢어졌다.

창은 찌르는 무기라고만 생각했기 때문에, 베는 공격은 생각하지 못했다.

아무래도 네우로이랑 싸울 때하고는 요령이 다르다.

당주 쪽이 머리 회전이 빠르다.

"설날에 새로 산 옷인데!"

앞으로 10년은 입으려고 생각했던 옷이 망가지자, 쿠니카는 비명에 가까운 비명을 질렀다.

"나 화났어!"

일단 하늘로 날아 올라가서는 조금 전과 마찬가지로 칼을 어깨 위에 얹듯이 잡고, 정면으로 파고들어갔다.

"어리석긴!"

당주는 승리를 확신했다.

"불쌍하지만, 갈비뼈 한 두 대는 각오해라!"

너무 단순한 공격을 비웃는 것처럼, 당주는 창을 허리 높이로 잡고 기합을 넣었다.

"하아아아아아아아아아앗!"

하지만.

"아니지롱~"

쿠니카는 당주의 공격 범위에 들어가기 직전, 몸을 구부려서 급감속했다.

"으억?!"

당주의 창이 허공을 갈랐다.

"지금부터가 진짜야!"

쿠니카는 회전하면서 왼손으로 허리띠에 꽂은 칼집을 뽑아서는, 칼과 칼집으로 좌우에서 당주를 향해 휘둘렀다.

"으음?! 이천일류(二天一流)!"

당주는 뒤로 펄쩍 뛰어서 아슬아슬하게 쿠니카의 공격을 피하며 신음했다.

미야모토 무사시의 병법으로 유명한 이천일류.

그 2대째인 테라오 가고노쇼에게 오륜서를 전수받은 시바토 산자에몬이 쿠로다 가문에 전한 칼 두 자류를 사용하는 유파다.

쿠니카가 이천일류를 배워 본 적이 없는데도 갑자기 이 동작이 나온 것은, 아무리 분가라고는 해도 쿠로다의 피가 흐르기 때문인지도 모른다.

하지만.

"……이천……? 그게 뭐야?"

정작 쿠니카는 이천일류의 이름조차 모르는 것 같다.

"재미있군! 재미있구나, 계집!"

만면에 환한 웃음을 드리운 당주가 눈에 보이지도 않는 삼단, 사단 찌르기를 펼쳤다.

"나이에 비해서 대단한데!"

겨우 상대의 움직임에 적응한 쿠니카는, 그 공격들을 전부 튕겨

냈다.

아버지와 어머니, 그리고 다른 친척들은 이 광경을 보고 할 말을 잃었다.

특히 칼을 주고받을 때마다 옷이 찢어지는 모습을 지켜보는 아버지는 고뇌가 깊었다.

할부가 아직 18개월이나 남아있기 때문에.

"얕보지 마라, 계집!"

"얕보는 건 그쪽이지!"

일진일퇴의 공방이 계속되는데, 이렇게 되면 젊은 쿠니카가 유리하다.

당주는 점점 숨이 차기 시작했다.

이대로 상대가 지쳐서 항복하기를 기다리는 것도 한 가지 방법이지만, 쿠니카는 그것이 내키자 않았다.

"슬슬 결판을 내자고!"

쿠니카가 선언했다.

"바라는 바다!"

급강하하는 쿠니카와 뛰어 오르는 당주.

금속이 부딪히는 날카로운 소리가 울린 다음 순간.

후소호는 당주의 손을 떠나, 빙글빙글 회전한 뒤에 잔디밭 위에 꽂혔다.

"여기까지야, 할아버지."

엉덩방아를 찧은 당주의 눈앞에, 일본도 날 끝을 들이대고 있었다.

"양녀는 돼 줄게. 다른 친척들은 마음에 안 들지만, 할아버지는 나쁜 사람이 아닌 것 같으니까."

쿠니카는 칼을 칼집에 집어넣고, 큰 한숨을 한 번 쉬었다.

"허허, 내가 졌다!"

당주는 양반다리를 하고 앉아서 호쾌하게 웃었다.

"훌륭한 후소 처자로다! 이것으로 쿠로다 가문도 후소도 걱정할 것 없겠어!"

*　　　　*　　　　*

저녁이 되어서야 양녀의 인연을 맺는 의식이 행해졌다.

쿠니카는 너덜너덜해진 옷 대신 본가 딸의 옷을 빌려 입고, 당주와 약속의 잔을 나눴다. 쿠니카 앞에는 머리와 꼬리까지 달린 도미를 비롯해 각종 요리들이 줄지어 있었다.

일단 식사 예절을 배우기는 했지만, 평소에 집에서는 밥상을 놓고 식사를 했고 군대에서도 거의 테이블 앞에 앉아서 식사를 했기 때문에 이렇게 자잘한 식사 예절까지 신경 쓰다 보니 움직임이 뻣뻣해졌다.

익숙하지 않은 정좌를 하고 있었더니 다리가 저려서 기껏 차려 놓은 요리의 맛을 음미할 거를도 없었다.

"저기~ 이거 싸서 가도 될까요?"

눈물을 글썽이며 여급(女給)에게 부탁하고, 쿠니카는 당주가 내민 잔을 쭉 들이켰다.

'와, 이거 맛있다!'

마침 목이 말랐던 참이라, 쿠니카는 잔을 주는 대로 받아 마셨다.

"얘야, 넌 이제 내 딸이다."

당주는 그런 쿠니카를 보고 미소 짓고는, 친척 일동에게 선언했다.

"쿠로다 쿠니카는 쿠로다 가문의 소중한 딸이다! 이후, 이에 이의를 제기하는 것은 용서치 않겠다!"

불복하고 싶은 친척들도 모두 머리를 숙였다.

그리고 여기서 이야기가 끝나면 참 감동적인데……

"자, 아가씨. 드시죠."

"앞으로 잘 부탁드리겠습니다."

바로 조금 전까지만 해도 쿠니카를 업신여기던 친척들이 아주 정중하게 대접하기 시작했다.

그런 사람들의 억지웃음을 보고 있자니, 마시지 않고는 버틸 수가 없었고——

"그런데 말이죠, 딸이라니까 이상하네요~ 할아버지, 우리 할아버지랑 나이 차이가 얼마 나지도 않잖아요~"

맹세의 잔을 다섯 잔이나 마신 쿠니카는, 살짝 취한 상태로 투덜거리며 깔깔 웃었다.

"……너, 귀염성 없다는 말 많이 듣지 않느냐?"

입이 삐쭉 튀어나오는 당주.

다 망쳤다.

"뭐라 말씀을 드려야 할지……"

"얘가 참."

기어들어가는 목소리로 몸이 움츠러드는 아버지와 어머니.

그런 두 사람에게 집사가 상냥하게 말을 걸어 줬다.

"당당하게 행동하셔도 됩니다. 아가씨는 쿠로다 가의 자랑이니까요."

집사가 상냥하게 달래 줬다.

"오늘은 여기서 자고 가라."

술자리가 끝나고, 당주가 쿠니카에게 말했다.

"예? 그치만."

슬슬 집에 돌아가려고 했던 참이라서, 부모님 얼굴을 쳐다봤다.

아버지와 어머니는 잠깐 눈짓을 주고받더니 고개를 끄덕였다.

그날 밤.

쿠니카는 본가 딸의 권유로 같이 목욕하러 들어갔다.

온천 료칸이 아닌가 싶을 정도로 큰 욕실이다. 편백나무 향이 나는 욕조는 헤엄도 칠 수 있을 정도는 아니지만, 팔다리를 실컷 뻗을 수가 있다.

귀국할 때 탔던 배에서 물을 최대한 아끼는 생활을 할 수밖에 없었던 쿠니카한테는 너무나 행복한 시간이다.

쿠로다 본가에서 사용하는 비누는 올리브 오일이 들어간 고급 수입품이고, 거품도 부드러웠다.

본가 딸은 처음에는 쭈뼛쭈뼛하고 말을 걸어도 건성으로 대답했지만, 시간이 지나자 턱까지 물에 담근 채로 작은 소리로 말했다.

"⋯⋯⋯⋯⋯⋯저기."

"응? 왜?"

거품 범벅이 된 쿠니카는 콧노래까지 흥얼거리며 본가의 딸을 쳐다봤다.

"낮에는 정말…… 미안했어."

그 아이는 쿠니카를 똑바로 쳐다보지도 못하고, 욕조 표면에 생긴 파문만 응시하면서 말했다.

"난, 네가 재산을 빼앗으려고 한다고 아버지한테 들었거든. 그래서, 분해서."

그래도 보통 사람은 정말로 파괴공작까지 하지는 않는데. 이 아이, 행동력 하나만은 쿠니카하고 통하는 부분이 있을 것 같다.

"말도 안 되는 소리야."

하얀 비단 같은 거품이 웃어넘기는 쿠니카의 작고 부드러운 가슴을 덮었다.

"군대도 돈이 꽤 나온다고. 특히 위치면 더 많고."

그래서 쿠니카는 군대에 들어가는 길을 선택했다.

"나, 사람들이 위치가 될 거라고 기대했었어. 네가 위치가 된 뒤로는 특히 더."

고백하는 목소리가 떨린다.

"그랬구나."

그건 그것대로 힘들었을 거라고, 쿠니카는 그렇게 생각했다.

"신문에서 네 활약 이야기를 볼 때마다, 아버지도 어머니도 한숨을 쉬었고."

본가 딸은 울 것 같은 얼굴을 물에 담갔다.

"……등, 씻겨 줄게."

쿠니카는 본가 딸의 손을 잡고 욕조에서 나오라고 했다. 유럽에서는 위치끼리 같이 목욕하면서 등을 씻어 줬는데, 후소에서 전해진 습관이라고 했다.

"뭐? 저기."

당황하는 그 아이를 앉게 하고, 쿠니카는 수건에 비누를 묻혀서 등을 씻겼다.

하얗고 매끈한 등이 역시 화족 아가씨다웠다.

쿠니카는 홍해에서 싸우면서 햇볕에 그을린 자국이 아직도 남아 있었다.

손과 가슴팍, 그리고 허벅지의 색이 너무나 또렷하게 달라서, 약간 창피할 정도였다.

"저기, 우리 친구 될 수 있지?"

쿠니카가 본가 딸에게 물었다.

"흑, 흑흑."

본가 딸이 울기 시작했다.

"미, 미안! 그렇게 싫었어?"

당황하는 쿠니카.

"아니야."

본가 딸이 눈을 비비며 뒤를 돌아봤다.

"너무 좋아서."

"그럼 오늘부터 친구다!"

쿠니카는 형식상 자기 조카가 된 아이의 손을 잡고, 크게 위 아래로 흔들었다.

비누거품이 욕실 곳곳으로 튀었다.

'이렇게 서로 통할 수 있잖아? 이야기해 보면.'

쿠니카는 창 너머에 있는 달을 쳐다봤다.

하지만.

창 너머로 보이는 것은 달이 아니었다.

"할아버지, 또!"

본가 딸이 가슴을 가리며 그쪽을 노려봤다.

창문 너머에서 헤벌쭉한 얼굴로 이쪽을 보고 있는 사람은 바로 그 당주였다.

"또라니?!"

영문을 알 수 없는 쿠니카는 당주와 딸의 얼굴을 번갈아 쳐다봤다.

당주는 목욕물을 데우는 불을 피울 때 쓰는 부지깽이를 한 번 흔들고는 창문 밑으로 쑥, 하고 사라졌다.

"할아버지가, 내가 목욕할 때마다 저렇게 훔쳐본다니까!"

딸은 너무 화가 난다는 표정을 하고 욕조 안으로 뛰어들었다.

"후, 훔쳐본다고?!"

쿠니카가 눈이 휘둥그레져 있는데, 욕실 문이 열렸다.

"이 무슨, 실례되는 말이냐. 나는 네 성장을 지켜본 것이지, 저어 얼대로 딴 맘이 있어서 그런 게 아니다. 쿠니카, 너도 오늘부터 내 딸이니까 잘 관찰을…… 아니, 그보다 등이라도 씻겨 주랴?"

당주가 칠칠맞게 헤벌쭉해진 얼굴로 뻔뻔하게 욕실에 들어왔다.

"이, 이, 이, 이──."

쿠니카는 잠깐이나마 좋은 할아버지라고 생각했던 자신이 너무나 한심했다.

"이 엉큼한 할배!"

쿠니카가 사이드 드로로 편백나무 바가지를 던졌다.

그리고 반년 뒤.

쿠로다 후작의 희수(喜壽)를 기념해서 그린 초상화에는 앞니가 세 개 빠진 모습이 그려져 있었다.

미술 전람회에 출품돼서 수많은 상을 받은 명화인데, 당주는 앞니가 빠진 이유에 대해서 절대로 말하지 않았다고 한다.

관심 없어. 저리 가.

마리안 E 칼
(프리랜서 잡지 기자의 돌격 취재에서, 쿠로다 중위에 대한 질문을 받고.)

INTERMISSION

"간신히 찾았네~~!"

중계지 파드칼레를 지나, 한없이 계속되는 느낌인 숲 위를 날아온 지 몇 시간.

간식으로 가져온 마카롱을 다 먹었을 때쯤에 쿠로다 쿠니카 중위의 시야에 겨우 기지처럼 보이는 시설이 들어왔다.

"배고파~!"

입 주위에 마카롱 부스러기를 묻힌 채 비틀거리면서 활주로에 강하한 쿠니카는, 허둥지둥하는 정비원들의 유도를 받으며 착지했다.

"고마워요! 이거, 부탁드려요!"

스트라이커 유닛을 맡긴 쿠니카는 격납고로 들어가서 주위를 둘러보고는, 가장 가까이에 있던 위치로 보이는 소녀에게 말을 걸었다.

"저기~ 여기가 506통합전투항공단 기지 맞죠?"

"맞아."

금발을 어깨 높이에서 양쪽으로 갈라서 묶은, 기가 세 보이는 소녀가 주머니에 손을 넣고 껌을 씹으며 대답했다.

JFW: Joint Fighter Wing

"이번에 이 기지로 배속된 쿠로다 쿠니카 중위입니다! 잘 부탁드려요!"

쿠니카는 허리를 꼿꼿이 펴고 경례했다.

"뭐, 신참? 그런 얘기 못 들었는데."

소녀는 눈이 휘둥그레져서 대장 집무실 쪽을 봤다.

"혹시, 대장이 우리 놀라게 하려고?"

"그럴 리가요. 환영회 준비도 해야 하는데."

그렇게 말하며 다가온 사람은 청순한 분위기가 감도는, 갈색 머리카락의 어른스러워 보이는 소녀였다.

"그럼 뭐야, 제니퍼 넌 들었어?"

금발이 갈색 머리한테 물었다.

"아니요."

제니퍼라고 불린 소녀는 고개를 젓고 나서, 다시 쿠니카 쪽을 보며 작고 부드러워 보이는 손을 내밀었다.

"처음 뵙겠습니다. 제니퍼 J 드 블랑 대위입니다."

"아, 안녕하세요."

쿠니카는 그 손을 어색하게 잡았다.

"나는 칼라 J 룩시크. 중위야."

처음 말했던 금발 소녀가, 하얀 치아를 드러내고 씩 웃으며 말했다.

그 때.

정신이 다른 곳에 가 있는 것 같은 표정의 암갈색 머리카락의 소녀가 이지적이고 다부져 보이는 얼굴의 금발 소녀와 함께 다가왔다.

"안녕하세요!"

쿠니카는 두 사람에게도 고개를 꾸벅 숙여서 인사했다.

"대원을 증강한다는 얘기는 못 들었는데……. 뭐 어때."

암갈색 위치가 어깨를 으쓱했다.

"난 지나 프레디 중령. 일단은 대장. 그리고 이쪽이 마리안 E 칼 대위."

"잘 부탁해. 마리안이라고 불러 줘."

마리안은 꽉, 힘껏 손을 잡았다.

"저야말로."

그러자 쿠니카도 지지 않고 그 손을 맞잡았다.

"이쪽 두 사람은 이미 자기 소개를 했나보네."

지나가 제니퍼와 칼라 쪽을 흘끗 봤다.

"혹시 모르니까 확인해보고 올게."

지나는 머리를 긁적이며 집무실 쪽으로 갔다.

몇 분 뒤.

"역시, 그런 겁니까?"

지나는 수화기를 쥐고서 역시 그렇구나, 라는 느낌으로 가볍게 고개를 끄덕였다. 통화 상대는 로잘리 드 엠리코트 드 그륀. 제506 통합전투항공단 명예대장이다.

——찾아서 다행이네요. 행방불명 같아서 수색대를 보낼까 하던 참이었거든요. 그 아이도 피곤할 테니까, 스트라이커 유닛 정비도 겸해서 며칠 동안 거기서 맡아 주면 안 될까요?

"쿠로다 중위에게 이쪽 상황을 잘 알게 한 뒤에, 그쪽과 연결하

는 역할을 맡게 하라는 뜻입니까?"

지나는 곧바로 로잘리의 의도를 파악했다. 스당의 A부대와 이곳 디종에 있는 B부대. 둘 다 같은 506이지만 관계는 좋다고 할 수 없다. 로잘리는 쿠니카를 완충재로 활용할 생각인 것이다.

──잘 될 것 같다고 생각하는 건, 너무 낙관적이려나요?

"저도 쿠로다 중위에게 관심이 있습니다. 맡도록 하겠습니다."

──고마워요, 정말 다행이예요.

전화를 끊고, 지나는 쿠니카와 다른 위치들이 담소를 나누는 대기실로 갔다.

"쿠로다 중위."

지나는 밀크 티 컵을 손에 들고서 쉬고 있는 쿠니카에게 말을 걸었다.

"혹시나 싶어서 확인한 결과, 네가 착각했다."

"착…… 각이라뇨?"

쿠니카는 깜짝 놀란 표정이 됐다.

"네가 배속된 곳은 스당. 이곳 디종이 아니다."

"네에~~!? 그치만, 여기 506JFW 맞──"

"제506 통합전투항공단에는 A부대와 B부대가 있다. 이 디종은 B부대 기지. 너는 원래 A로 갔어야 했다."

"귀족님이셨나."

지금까지 웃는 얼굴로 쿠니카와 이야기하던 마리안이 갑자기 차가워졌다.

"그렇구나~"

쿠니카는 여기로 오는 중에 만난 건초를 실은 트럭의 아저씨한테 506의 기지가 어디인지 물었고, 그리고는 이쪽으로 날아온 것이었다.

"설마 같은 부대가 두 개 있다니."

"같은 부대가 아냐."

칼라가 고개를 저었다.

"그쪽은 잘난 척만 하는 썩어빠진 귀족들 소굴. 이쪽은 마음 편하고 자유로운 녀석들이 모인 곳이지."

"잘나신 귀족님께는 이 기지가 상당히 불편하시겠지."

마리안이 지금까지 쿠니카와 친하게 지내려고 했던 것이 창피하다는 듯이 빈정댔다.

하지만.

"아하하하하하, 설마~!"

"너——."

쿠니카가 웃음을 터트리자, 마리안은 얼빠진 얼굴이 돼 버렸다.

"귀족이라고 해 봤자 이름뿐이야. 후소만 귀족을——아, 후소에서는 화족이라고 하는데, 그걸 보내지 않으면 체면이 안 선다고 해서, 분가 끝자락 중에서도 끝자락인 나를 억지로 양녀로 삼아 가지고 보낸 것뿐이야~ 잘난 귀족이라고 하면 낯뜨겁다고 할까, 창피하다고 할까~"

쿠니카는 머리를 긁었다.

"한 방 먹었네, 마리안."

피식 웃은 제니퍼가 마리안의 얼굴을 쳐다봤다.

"……흥."

마리안은 고개를 돌렸다.

"뭐, 먼 길 오느라 피곤할 테니까, 이삼일 쉬었다가 그쪽으로 가라."

지나가 쿠니카에게 말했다.

"고맙습니다! 그렇게 할게요!"

쿠니카는 고맙다는 인사를 하고, 칼라와 다른 위치들에게도 웃어 보였다.

"그 동안 많이 가르쳐 줘."

"그, 그래, 맡겨만 두라고~"

칼라가 자기 가슴을 세게 때리고는 콜록거렸다.

"예."

이건 제니퍼.

"흥."

미리안은 또 한 번 고개를 돌렸다.

30분 뒤.

"저, 저기~ 왜 여기서 돌아다니는 거야?"

격납고 행거 부근에서 얼쩡거리는 쿠니카를 발견한 칼라가 말을 걸었다.

"뭐 도울 일이 없나~ 하고."

쿠니카가 대답했다.

"월급 받고 있으니까, 그 만큼은 확실하게 일해야지."

"일하지 않고 돈 받으면 그게 더 좋은 것 아냐?"

칼라가 이상하다는 듯이 고개를 갸웃거렸다.

"뭐랄까, 그런 건 아닌 것 같아서."

"장인 기질이랄까, 할아버지 탓이려나? 돈은 확실히 받으면서, 일도 확실하게 해야 한다고 배웠거든."

"정말 귀족 같지가 않네."

칼라는 웃음을 터트리고, 들고 있던 콜라병을 쿠니카에게 건넸다.

"맛있다!"

그것을 한 모금 마신 쿠니카는 눈이 휘둥그레졌다.

"소다수 같으면서도 훨씬 빠져들 것 같은 맛이야!"

"그, 그래?!"

마치 자기가 칭찬을 들은 것처럼, 칼라의 얼굴이 확 밝아졌다.

"이리 와 봐!"

"어어어어!"

칼라는 쿠니카의 손을 잡고 대기실로 갔다.

"왜, 왜 나까지."

카드를 받은 제니퍼는 당혹스러워하는 기색을 감추지 못했다.

대기실에서는 쿠니카와 칼라에 제니퍼까지 세 명이 모여서 포커 대회가 시작됐다.

"둘이서 하면 재미없잖아? 해병대 아가씨는 저 꼴이고."

칼라는 자기 패를 노려보며, 칩을 몇 개 낼지 진지하게 고민하고 있다.

세 명한테서 조금 떨어진 소파에서는 마리안이 잡지를 손에 들고, 마치 쿠니카가 이 자리에 없다는 것처럼 굴고 있었다.

"마리안 씨는 정말로 귀족을 싫어하나보네. A부대는 그렇게 이상한 사람들만 있어?"

쿠니카가 소리를 죽여서 제니퍼에서 물었다.

"그, 글쎄요? 그쪽 사람들하고는 얘기해 본 적이 거의 없어서."

남의 험담을 못하는 제니퍼는 고개를 저으면서 카드 두 장을 바꿨다.

"그럼 말이야, 이상한 사람인지 아닌지도 잘 모르는 것 아닌가요?"

쿠니카는 하트 A를 남기고, 나머지 네 장을 전부 바꿨다.

"우리 조카, 아, 조카라고 해도 원래는 그냥 먼 친척이고 양녀로 들어간 집안의 따님 같은데, 처음에는 못되게 굴어서 짜증도 났었지만, 잘 얘기해 봤더니 나쁜 애가 아니라는 걸 알았거든."

"……쿠로다 양은 상냥한 사람이네요."

제니퍼는 그렇게 말하며 미소를 짓고는 마리안 쪽을 슬쩍 봤다.

"나도 알아."

잡지를 열심히 보는 척하던 마리안이, 노골적으로 등을 돌렸다.

"……하지만 귀족은 귀족이야. 난 그걸 받아들일 만큼 사람이 된 놈이 아닌 것 같아."

"마리안……."

제니퍼의 목소리가 가라앉았다.

그 때.

"아!"

쿠니카가 무거운 분위기를 날려 버리려는 것처럼 큰 소리를 질렀다.

"나, 이긴 거 아냐?"

집어 든 카드 중에 처음 두 장은 클럽 4와 다이아 6. 하지만 나머지는 스페이드 A와 다이아 A였다.

"어때, 이거 이긴 거야? 이긴 거 맞지?!"

쿠니카는 흥분해서 스리 카드가 된 자기 패를 보여줬다.

"⋯⋯⋯그걸 보여주면 어떻게 해."

"⋯⋯저, 다이(die) 할래요."

이렇게 해서.

쿠니카는 비기너즈 럭, 일확천금의 기회를 날려 버렸다.

이틀 뒤.

스트라이커 유닛의 정비도 마치고 스당으로 떠나려는 쿠니카를 B부대 위치들이 배웅하러 나와 있었다.

하지만⋯⋯.

"비트겐슈타인 대위는 까다로워. 그쪽에 가면 각오하라고."

마리안은 여전히 쌀쌀맞았다.

"응. 고마워!"

마리안은 대답하지도 않고 고개를 돌리더니, 빨리 가 버리라는 듯이 손을 흔들었다.

"미안해, 태도는 저래도──."

대신 사과한 사람은 역시 제니퍼였다.

"괜찮아, 나도 아니까. 할머니가 그러셨거든, 무뚝뚝한 사람일수록 사실은 상냥한 사람이라고."

"그럼, 난 어떤 것 같아?"

붙임성이 너무 좋은 칼라가 놀렸다.

"칼라는 칼라. 겉하고 속이 똑같잖아?"

"쿠로다 중위, 여기 있었으면 좋겠다~! 저기, 지금이라도 거절하고 여기 있자!"

칼라는 자기도 모르게 쿠니카를 끌어안았다.

"중위 혼자 결정할 수 있는 일이 아니잖아요?"

제니퍼가 한숨을 쉬었다.

"……이거, 선물이야."

칼라가 캔버스 천으로 된 크로스백을 쿠니카한테 줬다.

"콜라를 이렇게나 많이……."

가방 안을 본 쿠니카가 깜짝 놀랐다. 가방 안에는 칼라가 너무나 사랑하는 콜라가 여섯 병이나 들어 있었다.

이렇게 해서 쿠로다 쿠니카는 원래 소속 부대의 기지가 있는 스당으로 떠났다.

그리고.

제니퍼의 발밑에는 콜라 가방을 어깨에 메면서 슬쩍 내려놓은, 쿠니카의 전 재산이 들어 있는 잡낭이 있었다.

——이 뒤에, 쿠니카가 가방을 놓고 왔다는 것을 알아차리고 바로 디종으로 돌아가서 B부대 멤버들을 당황하게 만든 일은 공식 기록에서는 삭제됐다.

한참 지나서.

"오늘 온다고 했죠?"

A부대 소속인 벨기에 귀족 위치, 이자벨 뒤 몽소 드 바간데일은, 조금 전부터 시계와 남동쪽 하늘을 번갈아서 보고 있었다.

"쓸모없는 녀석이라면 B로 쫓아 버리면 그만이다."

긴 금발을 휘날리며 팔짱을 끼고 있던 하인리케 프린체신 추 자인 비트겐슈타인은 대담하게 웃었다.

"반품인가요?"

이자벨이 하인리케쪽을 보며 물었다.

"아마도 그렇게 되겠지. 무엇보다 기지를 착각할 정도로 얼간이 아닌가."

마침내.

하늘에 희미하게 쿠니카의 모습이 보이기 시작했다.

하인리케는 착륙하는 쿠니카 앞으로 걸어갔다.

"쿠로다 중위가 맞나?"

하인리케는 천천히 자기 쪽으로 다가오는 쿠니카에게 말을 걸었다.

"아, 예! 쿠로다 쿠니카, 후소 육군 중위입니…… 다!"

정지 직전에 경례를 하려고 한 탓에, 쿠니카는 앞으로 고꾸라질 뻔 했다.

'이, 이 녀석, 이 몸을 놀리는 것인가?'

그 모습을 본 하인리케의 얼굴에 불쾌한 표정이 드리웠다.

"하인리케 프린체신 추 자인 비트겐슈타인. 카를스란트 공군 대위. 506의 전투대장을 맡고 있다."

하인리케는 지금 막 냉동 저장고에서 꺼낸 것 같은 목소리로 자기소개를 했다.

'이 사람이 그 유명한?'

하인리케 프린체신 추 자인 비트겐슈타인.

한 번, 아니 열 번을 들어도 기억하지 못할 것 같은 이름이다.

'푸링 씨라든지 푸링 대위라고 줄여서 부르면, 틀림없이 혼나겠지?'

쿠니카가 쓸데없는 생각을 했다.

"비트겐슈타인이라고 부르도록. 이쪽이다, 그륀 소령이 기다리고 계신다."

하인리케는 눈짓으로 로잘리의 집무실 쪽을 가리켰다.

"……전투대장이 일부러 마중 나오셨나요?"

갑자기 궁금해져서 물었다.

"기지를 잘못 찾아가서 의기양양하게 착임 보고를 했다는 얼간이가 어떤 녀석인지 궁금해서 말이다."

그렇게 말해 놓고, 하인리케는 말이 너무 심한 건 아니었는지 반성했다.

하지만.

"죄송합니다!"

쿠니카는 그냥 고개만 숙였다. 정말로 잘못했다고 생각하는 게 반, 어떻게든 감봉 처분만은 피하고 싶다는 마음이 반씩 섞인 행동이었다.

감봉 처분은, 급여 명세서를 보는 것이 세상에서 제일 기쁜 일인 쿠니카에게는 사형보다 괴로운 일이다.

다행히도 지금까지 사형을 당해 본 경험은 없지만.

"정말 뭐라고 변명을 드릴 말도 없습니다, 죄송합니다!"

하지만 이런 태도도 하인리케의 눈에는 상관에게 아부하는 모습으로 보였다.

"………이 비굴함. 귀족이라 볼 수가 없군."

작은 소리로 중얼거린 하인리케는, 그 모습을 보고 싶지도 않다는 듯이 등을 돌렸다.

'역시 마리안 씨가 말한 것 같은, 그런 사람이려나?'

명예대장 방으로 향하는 하인리케의 뒤를 따라가며, 쿠니카는 그런 생각을 했다.

'하지만! 앞으로 같은 부대에서 지낼 동료잖아, 꼭 친해질 거야! 이것도 월급에 들어가는 거니까!'

쿠니카는 주먹을 꼭 쥐고, 마음속으로 맹세했다.

하지만──

고고(孤高)의 인물, 하인리케의 마음을 여는 것이 얼마나 어려운 일인지.

쿠니카는 뼈저리게 깨닫게 된다.

아가씨는 이 세상에,
지상에 강림하신 발퀴레입니다.
어린 시절부터 모두들 그렇게 생각했지요.

비트겐슈타인 가문 영지에 거주하는 나이든 부인

第2幕
CHAPTER 2

NOBLE WITCHES
Shimada Humikane & Projekt World Witches

공주님의 회상

갈리아 북방, 벨기카 국경에 가까운 아르덴 주 스당. 이 깊은 숲에 둘러싸인 땅에 제506 통합전투항공단 '노블 위치스' A부대의 기지가 있다.

A부대라고 부르는 이유는 디종에 B부대 기지가 있기 때문이다.

제506 통합전투항공단은 A, B 둘로 분열된, 다른 곳에서는 찾아볼 수 없는 부대다.

A부대 구성원은 본래 설립 목적에 따른 귀족의 피를 지닌 위치들.

B부대 멤버는 부족한 전력을 보충하기 위해 리베리온에서 보내온, 대부분이 귀족이 아닌 위치들이다. 동쪽 하늘부터 천천히 어둠이 다가오는 시간, 그 A부대 격납고, 행거 옆에 설치된 간이 휴게실에서는——

"그러니까, 팥소와 한천의 절묘한 하모니에 귤의 새콤한 맛이 액센트가 되고, 거기에 콩의 식감이——."

쿠로다 쿠니카 중위가 전투대장 하인리케 프린체신 추 자인 비트겐슈타인 대위에게 열심히 설명하고 있는 것은, 후소 명물인 안미츠의 매력이었다.

신입 대원인 쿠니카는 최근 며칠 동안 하인리케와

친목을 다지기 위해 가는 곳마다 따라다니고 있었다. 친목을 다질 생각이라고는 털끝만큼도 없는 하인리케는 처음엔 어떻게든 뿌리치려고 헛된 노력을 반복했었지만, 지금은 반쯤 포기한 분위기였다.

"그 안미츠라고 하는 과자가 디저트라는 것이고, 어떤 스펙인지는 잘 알았다."

관심 없다는 듯이 하품을 간신히 참는 하인리케.

하인리케는 나이트 위치(Night Witch). 야간 초계가 주요 임무이기 때문에, 쿠니카나 다른 위치들과는 생활 사이클이 거의 12시간 차이가 난다.

하인리케가 스펙이라고 말한 것은 안미츠의 레시피를 말하는 것 같다.

"하지만 그것이 맛있다는 것을 믿을 수가 없다. 특히 그 팥인가 뭔가 하는——"

"팥소 말인가요?"

쿠니카는 빈즈 페이스트라고 설명했어야 하나, 라고 잠깐 고민했지만, 그래서는 그 독특한 풍미가 있는 팥소의 어감이 사라지게 된다.

"그렇다, 그 팥소라는 것. 브리타니아의 서민들이 먹는 피시&칩스에 곁들이는 으깬 콩. 거기에 설탕을 넣었을 뿐이지 않은가?"

하인리케는 얼굴을 찌푸렸다.

전투대장으로 임명되기 직전, 로잘리와 우연히 방문했던 피카딜리 서커스의 펍에서 불그스름한 얼굴의 주인이 내놓았던, 아무리 좋게 표현하려고 해도 보기 좋다고 할 수 없었던 음식 접시를 떠올린 것 같다.

이론도 있지만, 카를스란트 요리와 함께 전 세계에서 맛없는 요리의 대표로 꼽히는 브리타니아 요리. 그 중에서도 그때의 콩 요리는 정말 이해할 수 없다고, 하인리케는 항상 그렇게 생각하고 있는 것 같다.

사실 브리타니안 입장에서 보면 카를스란트 명물인 커리 부어스트나 아이스바인 같은 것은 요리라고 할 수도 없다고 말하겠지만.

"그건 머쉬 피스니까, 완두콩소 같다고 해야 하려나? 후소에서는 보통 팥을 쓰거든요."

완두콩소가 들어간 경단이 맛있기는 하지만, 그 연두색 소는 색채 밸런스로 봤을 때 안미츠에는 어울리지 않는다.

"팥이라고?"

아무래도 팥이라는 말은 하인리케의 어휘에 없는 단어인 것 같다.

"네. 약간 보라색을 띠는 갈색 같은 콩."

"키드니 빈즈 같은 것인가?"

"비슷해요! 하지만, 좀 다른데."

쿠니카는 몸을 앞으로 내밀고 손가락을 딱, 하고 퉁겼다. 키드니 빈즈 쪽이 알갱이가 더 크다.

안미츠보다는 아마낫토에 어울릴지도 모른다.

아마낫토의 그 아삭아삭한 설탕의 감촉도 쿠니카가 사랑해 마지 않은 후소의 그리운 맛 중에 하나지만, 아마낫토는 안미츠보다 약간 비싸다. 쿠니카가 쉽게 손을 댈 수 없는 과자인 것이다.

"……더더욱 모르겠군."

하인리케는 미간에 주름까지 지으며 고개를 갸웃거렸다.

"아무튼. 전 그런 걸 좋아해요. 어릴적부터 먹었으니까."

입안에 침이 고이는 걸 느끼며, 쿠니카는 계속 말했다.

"그런데, 대위는 어떤 과자를 좋아하세요?"

"갑자기 그런 걸 묻다니."

턱에 손을 댄 하인리케가, 살짝 눈썹을 치켜 올렸다.

"………흠음. 이렇게 생각해 보니, 딱히 좋아하는 과자는 없는 것도 같군."

"우와~ 말도 안 돼!"

쿠니카는 마치 경범죄로 사형을 구형받은 사람 같은 얼굴이 됐다.

"그건 먹고 싶을 때 먹고 싶은 만큼 과자를 먹을 수 있는 사람이 하는 말이거든요. 빵이 없으면 과자를 먹으면 된다고 한 사람, 혹시 대위 아닌가요?"

쿠니카는 마리 앙투아네트의 차림을 한 하인리케의 모습을 마음 속으로 슬며시 떠올려 봤다.

부채로 입을 가리고 큰 소리로 웃는 모습이라든지, 의외로 어울릴 것 같다.

하라고 해도 절대로 안 하겠지만.

"갈리아 왕비 같은 실언은 하지 않는다. 이 몸에게는 서민 감각이라는 것이 있으니까 말이다."

살아오면서 서민이라는 말조차도 몇 번 해 보지 않은 것 같은 얼굴로, 하인리케가 당당하게 말했다.

"………거짓말 같은데."

화족이라고는 해도.

후작 가문 방계의 분가 끄트머리인, 귀족 아가씨 같은 처우와는 거의 인연이 없었던 쿠니카에게는 도저히 믿을 수 없는 이야기였다.

"하는 수 없지. 이 몸이 어릴 적에, 어떻게 서민들 속에 녹아들고 존경받았는지에 대한 이야기를 해 주도록 하마."

하인리케가 그렇게 말한 순간, 소파 팔걸이에 앉아 있던 이자벨이 라디오 볼륨을 키웠다.

그렌 밀러 밴드의 「문라이트 세레나데」가 휴게실에 울렸다.

"거기, 시끄럽지 않은가!"

눈을 부릅뜨고 노려보는 하인리케.

"장대한 영웅 서사시의 서막이니까, BGM이라도 깔아 볼까 싶어서."

이자벨은 악의가 있어서 그런 게 아니라는 분위기다.

"………바간데일 소위는 무시하도록."

하인리케는 헛기침을 하고 쿠니카에게 이야기하기 시작했다.

"그것은 이 몸이 아직 스트라이커 유닛을 이 몸에 장착하지도 못했던 어린 시절의 일이다——"

*　　　　*　　　　*

끝없이 이어지는 깊은 침엽수 숲.

나뭇잎 사이로 조심스레 들어온 햇살이 소녀의 금발에 내리쬐는 오후의 일이다.

"군은 8세도 장착할 수 있는 스트라이커 유닛의 개발을 서둘러야 하지 않는가."

어린 하인리케는 흔들리는 마차 안에서 불만을 털어놓고 있었다.

"지당하신 말씀입니다."

비트겐슈타인 가문을 섬긴지도 70여 년. 나이 80의 마부가 대답했다. 사실 이 마부는 슬슬 노망기가 있는지, 무슨 말을 해도 '지당하신 말씀입니다' 라는 대답만 했다.

"현대 과학 기술이 있으면 그다지 어려운 일도 아닐 터인데."

"지당하신 말씀입니다."

"그러하다면 이 몸이 당장이라도 세간을 떠들썩하게 하는 괴물들을 벌할 수 있거늘."

훗날 네우로이라 불리게 되는 존재는, 이때만 해도 아직 괴물이라고만 불리고 있었다.

"지당하신 말씀입니다."

"비트겐슈타인 가문이 독자적으로 개발하는 것은 어떠한가."

"지당하신 말씀입니다."

"………아버님은, 어이해 이해해 주지 않으시는 걸까."

하인리케는 어제 저녁식사 자리에서 있었던 대화를 떠올렸다.

오후 8시.

18세기에 만든, 당시에는 최신식이었던 난로 속에서 뜨거워진 장작이 딱, 소리를 내며 터졌다.

하인리케는 어머니와 아버지까지 셋이서 저녁을 먹고 있었다.

옛부터의 습관에 따라 손님이 없을 때도 열두 명이 앉을 수 있는 긴 테이블을 사용하기 때문에, 저택의 식당에는 항상 한산한 기운이 감돌고 있다. 오늘의 메인 디시는 크림 소스로 조리한 말린 대구.

비트겐슈타인 가문의 셰프는 갈리아인이라서 다른 카를스란트 귀족의 저택과 비교하면 상당히 다양한 요리를 제공해 줬다.

지역적 특색도 있다 보니, 사슴고기 같은 야생 동물들의 요리도 풍부했다.

"이 몸은 공을 세우고 싶사옵니다."

하인리케가 빵을 찢으며 말하자, 와인 잔을 입으로 가져가던 아버지가 귀족답게 조심스런 미소를 지었다. 맑은 황금색을 지닌 이 와인은 모젤과 같은 촉감이었다. 영지 안에 있는 포도 농장에서 수확한 포도로 만든, 8년 동안 숙성한 와인이다.

"서두르지 않아도 괴물은 없어지지 않는단다. 오히려 요즘 들어 출몰 횟수가 늘어나고 있지."

"예, 슬픈 일이옵니다만."

자기 냅킨으로 하인리케의 볼에 묻은 크림소스를 닦아 준 어머니가 끼어들었다.

"하지만, 소녀가 8세인 시대는 앞으로……."

4월 14일에 태어난 하인리케는 손가락을 구부리며 숫자를 헤아렸다.

"10개월하고 9일이면 끝나게 됩니다. 8세에 첫 출진을 하고 싶사옵니다만."

"하인리케."

아버지는 와인 잔을 테이블에 내려놓았다.

"고귀한 의무를 잊은 건 아니겠지?"

"귀족은 약한 자를 지키기 위해 싸운다."

하인리케는 철 들기 전부터 몇 번이나 들었던 말을 했다.

"개인의 명예를 위해 싸움에 임해서는 안 된단다."

"으으."

그렇게 지적을 받자, 하인리케는 그저 얼굴이 새빨개져서 고개를 숙일 수밖에 없었다.

"채소를 남기면 안 되지."

"아으."

어머니의 명령은 하인리케에게 있어 더욱 더 가혹한 것이었다.

"……늦는구나. 아직 마을에 도착하지 못했는가?"

"지당하신 말씀이십니다."

마차는 비트겐슈타인 가문의 영지 안에 있는 마을 중에 하나로 향하고 있었다.

마을의 한나 할머니가 구워 주는 슈톨렌──말린 과일과 향신료가 듬뿍 들어간 구운 과자──때문이다.

한나의 슈톨렌은 인근 마을은 물론이고, 저 멀리 메르헨 가도에 있는 도시에서도 일부러 찾아오는 자가 있을 정도로 훌륭했다.

"빨리 가지 않으면 이 몸의 것까지 다 팔릴 터인데."

자기 발로 뛰어가는 게 차라리 빠를 것 같은 마차의 움직임에, 하인리케는 몸이 달았다.

"지당하신 말씀입니다."

그렇게 대답했지만, 마부는 마차를 빨리 몰 생각이 없어 보였다.

"기대되는구나, 슈톨렌."

하인리케는 입에 침이 고이는 것을 느꼈다.

마침내──

*　　　　*　　　　*

"잠깐, 잠~깐만요!"

이야기하는 도중에, 쿠니카가 말허리를 잘랐다.

"아까 딱히 어떤 과자를 좋아한 적이 없었다고 하셨잖아요?"

"별 것을 다 따지는구나. 지금은 어린 시절 이야기를 하고 있지 않은가. 시간상 무효다."

"치사해요!"

계속 항의하려는 쿠니카의 코와 입을, 하인리케의 손이 막았다.

"계속 듣고 싶지 않은가?"

"……으어애요(들을래요)."

쿠니카는 고개를 끄덕였다.

*　　　　*　　　　*

마차가 마을에 도착하자, 주민들 대부분이 밖으로 나와서 어딘가로 가려 하고 있었다.

아무래도 집회장도 겸하는, 마을에 하나밖에 없는 비어홀에 모이려고 하는 것 같다.

"무슨 일이지? 소란스럽구나."

마차에서 폴짝 뛰어내린 하인리케가 마을사람들에게 다가갔다.

그러자.

"오오, 공주님이다!"

"공주님께서 와 주실 줄이야!"

마을 사람들이 하인리케를 둘러쌌다.

"저희가 힘들다는 걸 아신 영주님이 대리로 보내셨군요?"

대표로 보이는 중년의 마을 사람은, 너무나 고마운 나머지 눈에 눈물까지 맺혔다.

"그, 그렇다."

이 분위기에서는 차마 슈톨렌을 사러 왔다는 말을 할 수가 없었다.

"이번 달만 해도 벌써 세 번째입니다!"

"이대로 가면 소작료도 못 냅니다!"

"제발 대책을!"

마을 사람들이 제각기 호소했다.

"아무튼."

허리에 손을 짚은 하인리케는 자기키보다 훨씬 큰 남자들을 둘러보고서, 이런 상황에서는 만능이라고도 할 수 있는 말을 했다.

"자세한 이야기를 들려 주겠는가?"

하인리케는 마을 사람들과 함께 오래된 목조 건물인 비어홀에 들어갔다.

자리는 20개 정도지만, 집회장으로도 사용하기 때문에 마을 사람들이 전부 들어갈 수 있을 만큼 넓었다.

이런 가게에서 흔히 볼 수 있는, 오븐을 겸하는 난로 위의 들보에 걸려 있는 소시지와 햄은 적당히 훈연돼 있었다.

안쪽 테이블에는 항상 포커를 하고 있는 두 사람이 있었다.

지난번에 왔을 때, 하인리케는 이 두 사람이 포커를 하는 모습을 보고 30분 만에 포커 룰을 다 배웠다.

저택에서 메이드와 집사들을 상대로 몇 번인가 게임을 해 봤는데, 한 번도 진 적이 없었다.

"그래서?"

사람들의 얼굴이 다 보이게 카운터 위로 올라간 하인리케가 물었다.

"누가 이 몸에게 사정을 말해 주겠는가?"

"실은."

서로 얼굴을 마주본 마을 사람들이 한 이야기에 의하면——

최근 보름 사이에 세 번, 마을의 축사나 곡물 창고가 털렸다.

한밤중에 일어난 일인데다 평소에는 평화로운 마을이다 보니 감시하는 사람도 없었기에, 목격자가 전혀 없었다.

물론 자물쇠는 채워 뒀다. 하지만 강철 자물쇠가 마치 날카로운 발톱으로 잘라 버린 것처럼 망가지고, 문도 거의 산산조각이 나 있었다. 그리고 소와 돼지, 닭, 게다가 치즈와 소시지, 보리 자루가 몽땅 사라져 버린 것이다.

"현장에는 거대한 생물의 발자국이 남아 있었습니다. 저희는 베트의 짓이라고 보고 있습니다."

머리는 반사경처럼 훤히 벗겨졌지만 하얀 수염을 충분하고 남을 정도로 자란 마을 노인이 깊은 한숨을 쉬며 이야기를 마쳤다.

"베트, 라고?"

하인리케는 눈살을 찌푸리지 않을 수가 없었다.

"예."

노인이 무겁게 고개를 끄덕였다.

"제보당의 베트. 그 괴물이 이 마을에 나타난 것이 틀림없습니다."

제보당의 베트.

그것은 18세기 후반, 갈리아에서 일어났던 피와 공포의 이야기의 주인공이다.

1764년, 갈리아의 제보당을 중심으로 각 마을에서 소녀와 양치기 소년들이 연달아 살해당하는 사건이 벌어졌다.

아이들은 모두 배와 목을 물어 뜯겼고, 반쯤 잡아먹힌 무참한 모습으로 발견됐다.

목격자의 말에 의하면 아이들을 습격한 것은 시커멓고 불타는 듯한 눈을 가진 곰보다 거대한 생물.

교활하고 똑똑해서 함정을 신중하게 피하는, 지옥에서 나온 것 같은 초자연적인 생물들이었다.

마을 사람들은 이것을 두려워해서 베트라고 불렀다.

영주가 파견한 감시꾼도, 급하게 결성된 자경단도 효과가 없었다.

희생자가 계속 늘어나는데도 어떻게 손 쓸 방법이 없었던 마을 사람들은, 결국 국왕에게 베트 퇴치를 호소했다. 왕은 용기병 부대를 보냈지만 성과는 없었다. 베트는 사람들의 노력을 비웃는 것처럼 희생자 목록을 계속 늘려 갔고.

결국 국왕은 이름 높은 늑대 사냥꾼 드엥발 부자(父子)를, 그리고 국왕 직속 사냥꾼 앙트완 드 보테른까지 보냈지만, 그들조차도 늑대 몇 마리를 해치웠을 뿐이었고, 결국 베트는 흔적조차 찾아내지 못했다.

그 뒤에도 베트는 계속해서 갈리아를 공포에 빠트렸다.

베트가 제보당에서 홀연히 모습을 감춘 것은, 그로부터 약 일 년 뒤의 일이었다.

"흠."

이야기를 들은 하인리케는 카운터에서 폴짝 뛰어내리더니, 숙고하는 것처럼 마을 사람들에게 등을 돌렸다.

'첫 공을 세울 절호의 기회가!'

가느다란 어깨가 살짝 떨렸다.

물론 두려워서가 아니다.

후소에서 말하는, 무사의 떨림인 것이다.

"자, 모두들 안도하거라! 이 몸이 반드시 너희 백성들을 구해주도록 하겠다!"

뒤를 돌아보며, 하인리케가 선언했다.

"……공주님이, 말씀이십니까? 영주님이 아니고?"

깜짝 놀란 표정이 되는 마을 노인.

"얕보지 말거라."

하인리케는 곁에 있던 사냥꾼의 손에서 엽총을 빼앗아 들더니, 포커를 하고 있던 두 사람에게 총구를 겨눴다.

"스페이드 A!"

작은 마법진이 하인리케의 발밑에서 빛났다.

방아쇠를 당기자 공이치기가 화약접시를 때려 흑색화약에 불이 붙었다.

구슬 모양의 탄이 하인리케에게 등을 돌리고 있던 남자의 카드 한 장에 구멍을 뚫었다.

"으악!"

한 템포 늦게 깜짝 놀란 남자가 카드를 던졌다.

팔랑팔랑 날아간 것은 여섯 장의 카드.

포커는 보통 다섯 장의 카드로 하는 게임인데.

"두 장 째."

하인리케는 바닥에 떨어진 카드 두 장을 집었다.

한 장은 구멍이 뚫린 스페이드 A.

또 한 장은 구멍이 뚫리지 않은 스페이드 A였다.

"A가 두 장?! 너 이 자식, 사기 쳤구나!"

"속은 네가 바보지!"

"어쩐지 하트 K를 세 장 들었는데도 못 이기더라니!"

"너도 사기 쳤잖아!"

카드 친구 두 사람이 드잡이질을 시작했다.

그 모습을 보고 얼이 빠진 마을 사람들.

하지만, 조금 지나서.

"여, 역시 공주님! 훌륭한 솜씨입니다!"

"베트 놈도 이젠 끝장이야!"

"공주님 만세!"

마을 사람들은 일제히 카운터로 몰려와 축배를 미리 들기 시작했다.

그날 밤.

"그 건에 대해서는, 마을 분서와 합동으로 조사단을 파견하기로 했다."

하인리케가 저녁 식사 자리에서 베트 이야기를 꺼내자, 아버지는 이미 알고 있었다는 듯이 고개를 끄덕였다.

"괴물과 싸우는 것입니까!"

의자를 박차듯이 일어난 하인리케.

"하인리케. 지금은 중세가 아니란다. 난 정말로 괴물이 나왔다고 생각하지 않는다."

아버지가 씁쓸하게 웃었다.

"괴물보다 잔인하고 무자비하며 교활한 생물, 인간의 짓이다."

"여보, 좀 더 교육 부분을 배려해서 말해 주시죠."

아버지의 냉소적인 의견에 어머니가 눈살을 찌푸렸다.

"내일인가. 기대되는구나."

하인리케는 미소를 짓고 기대에 가슴이――비유적인 의미로――부풀었다.

하지만.

"넌 집에 있어라."

아버지가 찬물을 끼얹었다. ――당연히 이것도 비유적인 의미로.

"어, 어, 어째서입니까!"

하인리케는 장난감을 사 달라고 조르는 아이처럼 아버지의 팔에 매달렸다.

"조사는 한밤중. 아이들은 잘 시간이다."

"허나, 고귀한 의무는?!"

"9시까지는 잔다. 그것이 8세 여자아이의 의무다."

아버지는 상냥하게 미소 지었다.

"이, 이 몸은 자신의 이름만을 위해서 괴물 퇴치에 나선 것이 아닙니다! 마을 사람들을 생각해서!"

하인리케는 조사대의 일원이 되고 싶어서 필사적이었다.

"이 이야기를 계속 하겠다면, 잠자리에 드는 시간을 30분 앞당길 거야."

상냥하게 보이는 이 어머니가, 사실은 아버지보다 훨~씬 엄격했다.

"으으, 횡포입니다."

"그럼 한 시간."

"⋯⋯⋯⋯죄송합니다."

하인리케는 전면 항복했다.

*   *   *

"헤에~ 대위도 역시 어머니가 더 무서웠네요?"

쿠니카가 또다시 끼어들었다.

"지금 이 이야기 중에서, 어떻게 그 부분이 마음에 걸린 것인가?!"

큰 소리로 말한 하인리케는 살짝 머리가 아픈지, 관자놀이를 손으로 눌렀다.

"그게~ 저희 집이랑 똑같구나~ 싶어서요."

쿠니카는 머리를 긁고, 집게손가락으로 자기 눈꼬리를 치켜 올렸다.

"엄마는 화가 나면 눈이 이렇게 되거든요. 진짜 무섭다니까요."

"그, 그 정도인가."

그 모습엔 하인리케도 웃음을 터트리지 않을 수 없었다.

"소리를 지르면 동네에 다 들려서, 정말 창피해요."

"그대의 어머니는 오페라 가수인가?"

하인리케가 고개를 갸웃거렸다.

후소의 주택 사정을 모르기 때문에, 다른 집까지 목소리가 들리는 광경을 상상할 수 없는 것이다.

하인리케는 큰 소리로 야단맞은 적은 없었지만, 몸을 움직이는 놀이를 좋아하는 아이였기 때문에 외출 금지는 상당히 괴로웠다.

방에서 한 발짝도 못 나오게 하고, 유모가 하루 종일 따라다니면서 감시했다.

식사도 메이드 한 사람이 챙겨 줬을 뿐이다.

사실 그 방이 쿠니카의 집 전체와 비슷한 크기라는 것을, 하인리케는 모르고 있다.

"아, 그런데 일단 말해 두는 건데, 상냥할 때도 있어요. 제가 홍역에 걸려서 쓰러졌을 때는, 사흘 동안이나 잠도 안 자고 얼음주머니를 갈아 주시고는 했거든요."

"그런가……. 그렇군, 그게 어머니인지도 모르겠구나. 자식을 걱정하기에 화도 내는 것이겠지."

하인리케가 눈을 가늘게 떴다.

"그래서, 그 다음은요?"

쿠니카가 재촉했다.

"그날 밤 늦게, 아마도 새벽 한 시가 지났을 때——"

하인리케는 헛기침을 하고 계속 이야기했다.

*   *   *

저택의 사람들이 모두 잠든 시각.

하인리케의 침실에 있는, 창살이 달린 하얗고 커다란 창문이 조용하게 열렸다.

"선수필승이다."

이미 잠자리에 들었어야 할 소녀는 어둠 속에서 잘 보이지 않는 색의 외출복을 입고 있었다.

조사대가 파견되는 것은 아침.

그렇다면 오늘 밤 중에 베트를 잡겠다는 것이 하인리케의 생각이었다.

"오늘밤의 활약이 「하인리케 프린체신 추 자인 비트겐슈타인의 모험으로 가득한 화려하고 위대한 생애」의 서장을 장식할 것이다."

이미 자서전의 제목까지 정해 둔 하인리케는, 수렵용 단검을 뽑았다.

재작년 생일에 어머니의 맹렬한 반대를 무릅쓰고 선물받은 것으로, 사슴뿔로 만든 자루가 달린 고급 칼이다.

그 단검으로 침대 시트를 찢어 끈 모양으로 만들어서, 한쪽 끝을 침대 다리에 묶고서 창문 밖으로 늘어뜨렸다.

시트에 매달려서 창문을 넘은 하인리케는 방에서 탈출했다.

여기까지는 계산대로였다.

하지만.

"………으음."

늘어트린 시트의 길이는, 지상까지 무사히 내려가기에 2미터 정도가 부족했다.

하인리케는 서재 창문 약간 옆쪽에 매달려 있는 상태였다.

아슬아슬한 곳까지 내려와서 끝을 잡고 타이츠를 신은 발끝을 뻗어 봤지만, 바닥까지는 도저히 닿질 않았다.

그리고 그 서재에서는 아버지가 글을 쓰고 계셨다.

깃털 펜을 쓰시는 걸 보면 공문서 작성이겠지.

아버지가 고개를 들면 꼴사납게 매달려 있는 모습이 훤히 보인다.

들키기라도 하면 또 사흘은 외출 금지를 당할 상황이다.

'아, 안 된다! 이대로 가다간 뜻을 이루지도 못하고 포로가 될 것이야!'

뜻을 이루기는커녕 아직 제대로 시작도 못 했다.

"에잇, 모르겠다!"

하인리케는 손을 놨다.

한 순간, 무중력 상태를 경험한 소녀의 몸은 엉덩이부터 잔디 위에 착지했다.

"아, 아야야……."

간신히 일어선 하인리케는 붓지는 않았는지 확인하려는 것처럼 엉덩이를 쓰다듬었다.

소리를 들은 아버지가 창문 쪽으로 다가왔다.

"이, 이런!"

하인리케는 엉금엉금 기어서 황급히 창문 곁에서 멀어졌다.

"……여우인가?"

아버지는 일단 창문을 열어 봤지만, 어깨를 한 번 으쓱하고는 커튼을 닫았다.

하인리케는 두근거리는 가슴을 달래며, 발뒤꿈치를 들고 잔디 위를 걸어서 정문 쪽으로 향했다.

정원만 가로지를 수 있다면, 2층에서 내려오는 것보다 문을 탈출하는 쪽이 더 쉬웠다.

아직 굴곡이 없는 하인리케의 몸이 문의 쇠창살 폭보다 좁았기 때문이다.

"빠져나갈 수 있는 건 좋지만, 그다지 기쁘지는 않군."

그렇게 중얼거리면서 어떻게든 저택에서 탈출하는 데 성공한 하인리케는 일단 사냥꾼 오두막으로 향했다.

"여기에 분명……."

여름 사냥 시즌에 자주 사용하는 이 오두막 앞에 숲지기가 마을에 오갈 때 사용하는 자전거가 있는 것을 기억하고 있었다.

하인리케는 숲지기가 자고 있는 지 확인한 뒤에 살짝 녹이 슨 자전거를 빌려서는 낮에 방문했던 마을을 향해 어둡고 좁은 길을 서

둘러 달려갔다.

안장에 앉으면 발이 페달에 닿지 않기 때문에 서서 탔다.

가로등 따위는 있지도 않은 길이라 도중에 세 번 정도 넘어졌다.

자전거를 타고 삐걱거리며 마을에 도착하니, 곡물창고 앞에 랜턴을 들고 감시하는 사람이 서 있었다.

베트가 무서워서 오들오들 떨고 있는 젊은 감시원은 엽총을 손에 들고 정면 문 앞을 왕복하고 있다.

하인리케는 주위를 둘러볼 수 있는 광장 우물 옆에 몸을 숨기고 베트가 나타나기를 기다리기로 했다.

그리고 한 시간이 더 지났을 때.

베트가 마을에 나타났다.

＊　　　＊　　　＊

"우와, 진짜로 있었구나, 베트!"

쿠니카는 솔직하게 놀랐다.

"좋은 사람이구나, 쿠로다 중위는."

이자벨이 반쯤 감탄, 반쯤 질린 것 같은 미소를 지으며 쿠니카를 쳐다봤다.

"그래, 동감이다."

커피 컵을 손에 들고 고개를 끄덕인 사람은 어느새 간이 휴게실에 들어와 있던 아드리아나였다.

"네? 왜요? 괴물이잖아요, 전설 속에 나오는 제보당의 베트잖아요? 유니버설 몬스터 영화로도 나온 괴물인데요?"

쿠니카는 이상하다는 듯이 두 사람을 쳐다봤다.

"영화?"

그런 쿠니카를, 마찬가지로 신기하다는 눈으로 쳐다본 것은 하인리케였다.

"어라? 모르세요? 론 체니 주니어의 「늑대인간」?"

"모른다."

괴기 영화는 하인리케의 취미가 아니다.

아주 오래 전에 카를스란트 표현주의의 걸작이라고 하던 「칼리가리 박사의 밀실」을 저택에서 상영한 적이 있어서 아버지 무릎 위에 앉아 본 적이 있는데, 처음부터 끝까지 도무지 알 수가 없었다.

그 뒤로 유령이나 괴물이 나오는 영화는 피하고 있었다.

"인간이 늑대로 변해서 마을 사람들을 덮치는 영화에요~"

그렇게 설명하고 눈을 반짝거린 쿠니카는 작년에 위문 영화 감상회에서 벨라 루고시의 「드라큘라」와 동시상영으로 「늑대인간」을 봤다.

쿠니카는 아주 잘 잤었는데, 같이 영화를 감상한 위치들 대부분은 그날 밤에 너무 무섭다고 침실에서 다 같이 모여서는 동이 틀 때까지 한숨도 못 잤다고 했다.

"어쨌거나 말이다. 이 몸이 감시하고 있는데 검고 거대한 무언가가 나타나서, 감시하던 젊은이를 향해 돌진했다."

하인리케는 하던 이야기를 계속했다.

          *   *   *

퍼억!

검고 거대한 그림자가 부딪히자, 감시하던 청년은 벽에 처박혀서 정신을 잃었다.

'좋았어! 지금이 이 몸의 영웅 전설의 시작이다!'

하인리케가 수렵용 나이프를 손에 들고 뛰쳐나가려고 한 그 때.

"⋯⋯어이, 감시는 해치웠냐?"

"그래."

베트가 사람 목소리로 말했다.

아니, 정확히 말하자면 베트로 보이는 커다랗고 검은 모피 덩어리에서 사람 목소리가 들려왔다. 게다가 아마도 두 사람 목소리가.

"이놈의 가죽 좀 벗자고. 냄새 나서 미치겠다."

"그러자고."

베트 가죽이 스르륵, 땅바닥으로 떨어졌다.

"뭐, 뭐, 뭐, 뭐냐, 저것은?!"

하인리케는 털썩 주저앉았다.

베트의 정체.

그것은 커다란 곰 가죽을 씌운 짐수레였다.

안에 숨어 있던 대여섯 명 정도의 남자가 그 짐수레를 세게 밀어서 감시하던 남자를 날려 버린 것이다.

"사기가 아닌가?! 아버님 말씀이 맞았다!"

자기도 모르게 똑바로 서서 큰 소리를 지르는 하인리케.

"실망했다! 이 몸이 이렇게 실망한 것은 태어나서 처음이다!"

그러자 당연히.

"응?"

"두목, 저기 이상한 여자애가?"

"잠이 덜 깬 동네 아이 같은데요."

"잡아."

눈치 챈 남자들이 하인리케가 있는 쪽으로 달려오더니 사방에서 둘러쌌다.

"뭐야 이 꼬마는?"

두목이라 불린 험상궂은 얼굴의 남자가 하인리케의 뒷덜미를 잡아서 들어 올리고는, 손에 들고 있던 단검을 빼앗았다.

"놔라, 이 무례한 것! 이 몸이 누구인지는 알고 하는 짓이냐?! 하인리케 프린체신 추 자인 비트겐슈타인이다! 놓지 않으면 큰일이 날 것이야! 험한 꼴을 당하게 될 것이다!"

"어이구, 그러세요?"

두목은 아래쪽 절반이 검은 수염으로 뒤덮인 얼굴을 하인리케에게 들이대고서 빈정거리더니, 부하들 쪽을 보며 말했다.

"어이, 이 꼬맹이가 영주님 댁 아가씨라고 하신다."

그 말을 듣고 웃음을 터트리는 남자들.

"아가씨, 거짓말 하면 안 되거든?"

"아무리 봐도 귀족 같은 얼굴이 아닌데."

"그냥 바보 같아."

"기품이라고는 찾아볼 수도 없구만."

"이 녀석이 공주님이면, 우리 할머니는 여왕폐하다."

"그럼 난 리베리온 대통령~!"

남자들은 마을사람들이 깨지 않게 작은 소리로, 아주 제멋대로 떠들어 댔다.

"네, 네 이 놈~~!"

하인리케는 너무 분해서 관자놀이의 혈관이 터질 것 같았지만, 공중에 대롱대롱 매달린 자세다보니 아무것도 할 수가 없었다.

"감히 이 몸을 바보라고 했겠다! 네놈이 훨씬 바보같이 생겼다!"

화가 나서 팔다리를 휘둘러 댔지만, 두목은 건드리지도 못했다.

"어쩌죠? 우릴 봤는데 말이죠?"

부하 중에 하나가 두목에게 물었다.

"아무튼 일이나 끝내자. 생각은 그 다음에 하고."

"놔라! 건드리지 마라, 크읍?!"

두목은 부하에게 지시를 하고는, 하인리케의 입에 재갈을 물리고 밧줄로 꽁꽁 묶은 뒤에 땅바닥에 던져 놨다.

부하들은 부지깽이 같은 물건으로 곡물창고 자물쇠를 부쉈고, 그리고는 세 개 더, 문에 발톱으로 긁은 것 같은 자국을 만들었다.

'이렇게 해서 베트가 한 짓처럼 꾸민 것인가. 마을 사람들이 속을 만도 했지.'

애벌레 같은 모양으로 발버둥 치던 하인리케가 약간 감탄했다.

곡물 창고 문이 열릴 때까지 겨우 몇 분.

상당히 숙련된 자들이다.

보관된 밀과 호밀 자루를 차례차례 짐수레에 싣고, 자루 몇 개는 찢어서 안에 든 것들을 바닥에 뿌렸다.

베트의 소행처럼 보이게 하려는 것이겠지.

"좋았어. 철수하자."

창고의 식료품 중에 3분의 1 정도를 짐수레에 실었을 때, 두목이 부하들에게 손짓을 해서 철수하자고 했다.

"빨리 도망가자, 고 하고 싶은데……."

부하 중 하나가, 땅바닥에서 발버둥치는 하인리케를 쳐다봤다.

"놓아 주면 마을 놈들한테 베트가 한 짓이 아니라는 걸 들킬 텐데요?"

"해치워 버릴까요?"

또 한 사람이 꿀꺽, 침을 삼켰다.

"흐으후로허허아아흐으아허아! 흐어혀아여하흐여아헤애후아!(끈을 풀고 정정당당히 승부하거라! 그러면 사형만은 면하게 해 주마!)"

하인리케는 소리를 질렀지만, 입에 물린 재갈 덕분에 그 내용은 전혀 전해지지 않았다.

"어린애를 죽이는 건 좀……."

"우리도 그건 좀 아닌 것 같은데요?"

"그럼 어쩌지?"

서로 얼굴을 마주보며 생각하는 부하들.

"흐어이하, 하이후아아이하!(그러니까, 빨리 풀란 말이다!)"

……역시 전해지지 않았다.

"일이 귀찮게 됐네. 그렇다고 계속 여기 있을 수도 없고."

두목이 머리를 긁었다.

아까 감시하던 젊은이가 언제 눈을 뜰지도 모르고, 슬슬 교대할 사람이 올 때도 됐다.

"아지트로 데리고 갈까요? 이 가짜 공주님을 어떻게 할지, 거기 가서 생각하죠."

약간 나이가 있는, 자식이 있을 것 같은 남자가 제안했다.

"그래, 그러자."

두목은 고개를 끄덕이더니, 하인리케를 가볍게 들어서 짐수레 위에 올려놨다.

"하이이허헤아후하이, 아히애하히아흐하히하!(감히 이렇게 다루다니. 항의해 마지않는 바이다!)"

그렇게 해서.

하인리케는 태어나서 처음으로 포로 체험을 하게 됐다.

＊   ＊   ＊

도둑 무리는 마을 바깥에 숨겨 뒀던 말에 타고서 산으로 향했다.

하인리케는 짐수레에 탄 채 잠이 들었고, 눈을 떠 보니 동쪽 하늘이 밝아 오고 있었다.

아지트는 산 중턱에 있는 소금 폐광산이었던 곳에 있는 것 같다.

풀로 덮어서 가려 놓은 입구를 통해 안쪽으로 들어가는 도둑 무리.

램프 불빛이 밝히고 있는 동굴 안은 바깥만 보고 생각했던 것보다 훨씬 넓었다.

짐수레에서 훔친 곡물들을 내려놓은 도둑 무리는 바로 술판을 벌였다.

안주는 지금 막 훔쳐 온 치즈와 소시지.

술잔으로 테이블을 두들기며 어깨동무를 하고 노래를 부르는 자들도 있었다.

"미안했다."

두목은 하인리케의 재갈을 풀어줬다. 도망치지 못하게 손과 발은 묶어 둔 채로.

"미안하다는 말로 끝나면 위치는 필요 없지 않느냐."

하인리케는 두목을, 그리고 왁자지껄 술판을 벌이는 도둑들을 노려봤다.

"가난한 마을에서 식량을 훔치다니, 부끄럽지도 않은가?"

"그러지 않으면 우리가 굶어죽으니까."

도둑 중 하나가 씁쓸하게 웃었다.

"우리도 땅이 있으면 농사라도 지었다고. 다른 사람들처럼."

또 한 사람이 어깨를 으쓱했다.

"소를 키워도 좋지."

"양도."

"돼지도. 옛날처럼."

"그래, 옛날처럼."

일동은 맥주를 들이키면서 말했다.

"옛날?"

하인리케는 맥주 냄새와 더럽게 못 부르는 노랫소리 때문에 얼굴을 찌푸리며 물었다.

"그대들, 전에는 농민이었나?"

"응애, 하고 태어나자마자 바로 도둑질하는 놈은 없다고."

코가 빨개진 도둑이 윙크했다.

"그런데 말이야, 아가씨. 전~부 없어졌어. 하나도 남김없이, 몽땅."

"몽땅?"

"괴물이 다 태워 버렸어."

사정을 이해하지 못한 하인리케에게 두목이 설명해 줬다.

"그 유명한 괴물 말이야. 그리고 군대가."

다른 남자가 더 설명해 줬다.

"우리가 살던 땅이 전쟁터가 됐어."

두목은 눈앞에 있던 술잔을 단숨에 비웠다.

"그런데 말이야. 지주는 포상금을 잔뜩 받았다는 것 같은데, 우리한테는 땡전 한 닢도 안 떨어졌어."

배가 나온 빨강머리 도둑이 어깨를 으쓱했다.

"고향을 떠나서 나쁜 짓을 하고 또 하다가 이 풍요로운 땅에 도착했다는 거지."

그리고 또 한 사람.

"우리도 그렇게 나쁜 도둑놈이 아니야. 마을 사람들이 먹고 살 만큼은 남겨 놨다고."

두목이 가슴을 펴고 말했다.

"그리고 말이야, 그 동네는 꽤 먹고 살 만하거든? 우리가 지금까지 봤던 마을 중에서도 꽤 괜찮은 편이야."

"그야 뭐, 아버님이 영주이시니, 굶지 않게 하는 것은 당연한 일이 아니겠는가."

하인리케는 약간 자랑스러운 기분이 들었다.

"너, 이제 와서도 공주님 행세를 계속 하려는 거냐?"

두목이 질렸다는 얼굴로 하인리케를 쳐다봤다.

"그러니까, 이 몸은 진정으로 하인리케 프린체신 추 자인 비트겐슈타인이다!"

하인리케는 볼을 부풀리며 말했다.

"⋯⋯⋯한 번 더 말해 봐."

두목이 하인리케에게 말했다.

"하인리케 프린체신 추 자인 비트겐슈타인이다!"

"한 번 더."

"하인리케 프린체신 추 자인 비트겐슈타인!"

"⋯⋯⋯."

두목은 얼굴을 찌푸리고, 잠깐 생각한 뒤에 부하들 쪽을 보고 말했다.

"야. 얘, 진짜 같은데?"

"진짜 공주님이라고요? 설마!"

입가에 맥주 거품이 묻은 부하가 웃음을 터트렸다.

"진짜가 아니면, 저렇게 무지하게 길고 거짓말 같은 이름을 틀리지도 않고 세 번이나 말할 수 있겠냐? 하인리케⋯⋯ 하인리케 프링 어쩌구저쩌구 하는?"

두목은 이름을 말해 보려다가 중간에 포기했다.

"그렇다면?"

"!"

부하들은 침묵에 빠졌고, 일제히 하인리케 쪽을 주목했다.

"⋯⋯우리, 이제 유괴범이다."

두목이 머리를 쥐어뜯었다.

유되는 절도하고는 비교도 안 되는 상당히 큰 죄다.

절도범이라면 죄를 범한 지역 경찰한테만 쫓기지만, 유괴범이 되면 전국에 지명수배된다.

"흐익~!"

"말도 안 돼!"

"유괴라니, 그건 나쁜 놈들이 하는 짓이잖아!"

남자들은 갑자기 허둥대기 시작했다.

"어, 어쩌지?! 경찰이 작정하고 쫓아올 텐데!"

"큰일 났다, 이거 진짜 큰일이야!"

"빠, 빨리 다른 데로 도망치자!"

그 중에는 짐을 싸기 시작하는 자도 있었다.

"기다려 봐!"

두목이 일동을 말렸다.

이래 봬도 인망이 있는지, 동요하던 부하들이 바로 진정했다.

"어차피 여기까지 왔잖아. 영주님한테서 몸값을 잔뜩 받아내는 건 어때?"

"마, 말도 안 돼!"

"위험하다고!"

부하들이 바들바들 떨었다.

"야, 너희 아버지, 널 위해서라면 얼마나 낼 것 같냐?"

두목이 하인리케에게 물었다.

"도둑과는 교섭하지 않는다. 비트겐슈타인 가문의 조상이 오라샤에 계시던 시절부터 내려온 전통이다."

하인리케는 고개를 저었다.

"꽤나 씩씩하신데."

두목이 콧방귀를 뀌었다.

"그런데 말이야, 아버지의 애정이란 그런 게 아니야. 딸을 위해서라면 돈 따위는 얼마든지 낼 거라고."

"그대는 고귀한 의무라는 말을 아는가?"

하인리케는 두목을 쳐다보며 물었다.

"미안하게도 난 고귀하지가 않아서 말이야."

이번엔 두목이 고개를 저었다.

"그렇다면 잘 들어라. 고귀한 의무란 힘없고 약한 자를 지키는 것. 그리고——"

"그리고?"

"절대로 악에게 굴하지 않는 것이다! 이 몸에게 그리 가르쳐 준 사람은 바로 아버님이시다! 그런 아버님이 네놈들에게 굴할 것 같느냐!"

"……그럼, 이렇게 하자."

눈을 가늘게 뜬 두목은 안경을 쓴 부하를 불러서 뭔가를 속삭였다.

안경잡이 부하는 테이블 위에 종이를 펼치고 촛불을 가까이 끌어 와 종이를 비추며 펜으로 뭔가를 적기 시작했다.

아무래도 글을 읽고 쓸 수 있는 사람은 이 남자 하나뿐인 것 같다.

"지금부터 너희 집에 편지를 보내겠다. 누구 말이 맞는지, 금세 알게 되겠지."

안경 쓴 남자한테서 다 쓴 편지를 받은 두목이 편지를 정중하게 접으면서 말했다.

*   *   *

짐수레 위에서 겨우 한 시간밖에 못 잤던 하인리케는, 지푸라기 침대 위에 눕혀졌다. 아직 오전중이지만, 피곤한 탓인지 푹 잠들었다.

"일어났냐?"

눈을 뜨자 두목이 콩 수프 접시와 호밀빵, 그리고 우유가 든 잔을 들고 다가왔다.

아무래도 늦은 아침식사인 것 같다.

"묶인 채로는 먹을 수가 없다."

몸을 일으킨 하인리케가 하품을 하면서 불평했다.

"귀찮지만, 소중한 인질님이시니까."

두목은 호밀 빵을 찢어서 하인리케의 입에 밀어넣었다.

"맛있냐?"

"맛없다. 슈톨렌은 없나?"

하인리케는 퍼석한 빵을 씹으면서 대답했다.

"그런 게 있겠냐."

두목은 콩 수프를 숟가락으로 떠서 입에 넣었다.

하인리케의 취향보다는 너무 짰지만, 아무튼 빵을 뱃속으로 집어넣을 수는 있었다.

"마을이 불에 탔다고 했는데, 가족은?"

빵을 삼킨 하인리케가 문득 생각이 나서 물었다.

"……괴물의 광선이 우리 집에 맞았을 때, 전부 집 안에 있었지."

두목은 다시 한 번 숟가락으로 수프를 떴다.

"순식간이었으니까. 괴롭진 않았을 거야."

"미안하다. 괜한 것을 물었다."

하인리케는 고개를 숙였다.

항상 위치의 화려한 활약에 가슴이 두근거리고, 언젠가 자신도 그렇게 되겠다고 동경해 왔다.

하지만 지금까지, 그 싸움 때문에 사라진 생명에 대해서는 생각해 본 적이 없었다.

"옛날 일이니까."

수프를 조금씩, 하인리케의 입에도 넣어 줬다.

"아들이 살아 있었다면, 너랑 비슷한 또래일 거야."

두목은 수프를 내려놓고는 목에 걸고 있던 로켓 펜던트를 열었다.

그 안에는 갈색으로 바랜 사진이 들어 있었고, 사진 속에서는 갓난아이를 안은 여성이 미소를 짓고 있었다.

'그렇구나. 이 자들이야말로.'

고귀한 의무.

하인리케는 이 때 비로소 그 말의 진정한 의미를 깨달았다.

그렇다.

이들이야말로 자신을 지킬 방법이 없는 약한 자들.

하인리케 같은 귀족이 지켜야 할 의무를 다 해야 하는 자들이다.

"처자식이 살아 있었으면, 나도 다른 방법으로 먹고 살았을지도 몰라."

두목은 로켓을 닫았다.

"처자식이 죽었을 때, 내 안에 있는 뭔가도 같이 죽었거든."

"원수는 꼭 갚아 주마."

하인리케는 눈물을 글썽이며 맹세했다.

"이 몸이 언젠가, 괴물 놈들을 이 카를스란트에서 전부 없애 버리겠다."

"부탁합니다, 공주님."

두목은 펜던트를 조심해서 집어넣고, 우유 잔을 하인리케의 입에다 대줬다.

"왔습니다!"

저녁 무렵이 돼서, 아지트 입구를 감시하던 사람이 하인리케와 두목이 있는 쪽으로 뛰어왔다.

"영주님 혼자 왔나?"

두목이 얼굴이 새파래진 부하에게 물었다.

"그럴 리가요! 경찰인지 군대인지 자경단인지는 모르겠지만, 무장한 놈들을 잔뜩 끌고 왔다고요!"

"아버지에게 몸값을 가지고 이리 오라고 협박한 것인가? 그대들도 의외로 어리석구나."

하인리케는 두목을 보며 콧방귀를 뀌었다.

"그래. 내가 잘못 생각했나 보네. 널 위해서라면 우리가 시키는 대로 할 줄 알았는데."

두목은 하인리케를 일으켜 세우고는 입구 쪽으로 데리고 갔다.

문틈으로 밖을 보니, 분명히 아버지와 제복을 입은 경찰들이 멀리서 아지트를 둘러싸고 있었다.

"아, 아버님이다! 아버흡!"

두목이 아버지를 부르려는 하인리케의 입을 손으로 막았다.

"공주님, 댁이 이겼어. 귀족님은 제 식구보다 법률과 규율이 더 중요한 것 같아."

두목이 빈정대는 미소를 지었다.

"어쩌죠, 두목?"

부하들이 두목을 둘러쌌다.

"당황하지 마라. 식량도 무기도 잔뜩 있어. 자리를 잡고 있는 우리가 더 유리하다."

"분명히 그렇군."

하인리케도 고개를 끄덕였다.

성을 공격할 때 방어하는 쪽의 세 배의 병력이 필요하다는 것은 잘 알려진 이야기다.

"이제 곧 해가 진다. 도망칠 틈이 생길 때까지 기다리자고. 이쪽엔 공주님도 있어. 영주님이 신경 쓰지 말라고 해도, 경찰들은 쉽게 손을 쓸 수 없을 테니까."

"역시 대단합니다, 두목."

부하들이 안심한 표정을 지었다.

그런데 그 때.

"너희가 보낸 편지는 봤다."

아지트에 있는 도둑들을 향해 말하는 아버지의 목소리가 들려왔다.

"허나 몸값은 줄 수 없고, 너희들을 놓아줄 수도 없다!"

아버지보다 약간 뒤쪽에 있는 경찰들의 총이 하나같이 아지트의 문을 겨누고 있다.

"딸이 소중하지 않은 건가?! 앙, 영주 양반?!"

두목이 짜증난다는 듯이 대답했다.

"아주 대단하신데 그래!"

"나는 고귀한 자로서, 이 인근 마을들의 안전을 지킬 의무가 있다! 그렇기에 범죄자에게 굴하지 않는다는 원칙을 지켜야만 한다! 허나, 만약 딸에게 무슨 일이 생기면, 이 목숨으로 속죄하도록 하겠다! 너희를 전부 잡은 뒤에 말이다!"

그렇게 말하고, 아버지는 조용한 목소리로 이렇게 말했다.

"하인리케, 넌 내 자랑이다."

"아버님……."

하인리케는 입술을 깨물었다.

"이 몸이, 이 몸이 아버님을 괴롭게 했다. 자신의 명예를 위해, 아버님의 말씀을 어긴 내가 잘못했건만."

투명할 정도로 하얀 뺨에, 후회의 눈물이 흘렀다.

"뭐가 위치냐, 이 몸은 이런 때에, 아무것도 못 하고 있는데."

그 모습을 보고, 천하의 도둑들도 고개를 숙였다.

두목은 부하들을 둘러보더니, 조금 있다가 크게 한숨을 쉬었다.

"……젠장, 역시 우리는 남의 가족을 빼앗는 짓은 못 하겠다."

두목은 하인리케를 묶은 줄을 끊어 주고 문을 열었다.

"자, 공주님."

"아버님! 아버님! 아버님!"

하인리케는 뛰쳐나가 아버지에게 달려가서 그 품 안으로 뛰어들었다.

"내가 혼자 한 짓이다! 여기 있는 다른 녀석들은 우연히 같이 있었을 뿐이고 유괴하고는 아무 상관도 없어! 잡으려면 나 하나만 잡아라!"

두목이 두 손을 들고 밖으로 나왔다.

경찰들의 총구가 일제히 두목에게 향했지만, 두목은 꿈적도 하지 않았다.

"마, 말도 안 돼! 두목 혼자 뒤집어쓰겠다는 거야?"

"난 어디까지고 두목이랑 같이 갈 거야!"

"나도!"

부하들도 총을 버리고 두목을 따라 나왔다.

"……너무 험하게 다루지는 말게."

아버지는 하인리케의 머리를 쓰다듬으며 경찰들에게 지시했다.

"알겠습니다!"

경찰들은 얌전히 지시를 따르는 도둑 무리를 포승줄로 묶었다.

"아버님."

하인리케는 새빨개진 눈을 비비며, 아버지를 올려다봤다.

"저들은 나쁜 자들이 아닙니다. 괴물 때문에 토지와 가족을 잃은 자들입니다. 죄를 물으시겠다면——."

"그래, 내가 고용하겠다."

아버지는 미소를 지으며 고개를 끄덕였다.

"고, 공주님?"

그 이야기를 듣고, 얼빠진 얼굴로 멍하니 서 있는 두목.

하인리케는 아버지한테서 떨어져서는, 포박당한 두목 앞에 섰다.

"반드시 이 몸을 찾아오거라. 알겠나?"

"그, 그래."

"그리고……."

퍽!

하인리케는 갑자기, 작은 주먹으로 두목의 명치를 때렸다.

"미안하군. 이 몸이 맹세해서 말이다. 반드시 한 방 먹여 주겠다고."

"……너, 너무해."

두목은 괴로워하며 주저앉았다.

"아버님, 손이 아픕니다."

하인리케는 두목을 때린 오른손을 아버지에게 보여줬다.

손가락과 손이 만나는 부분이 약간 빨개져 있었다.

*　　　*　　　*

"이리 해서, 이 몸이 멋지게 베트에 관한 괴기 사건의 진상을 밝혀낸 것이다."

하인리케의 이야기가 끝났다.

"끈기 있게 그 긴 얘기를 들어 줄 사람이 생겨서 다행이네?"

쿠니카가 감상을 말하기도 전에, 아드리아나가 씁쓸하게 웃으며 하인리케를 놀렸다.

"이 이야기, 그대에게는 해 준 적이 없을 텐데?"

하인리케가 고개를 확 돌렸다.

"수도 없이 들은 건 나야. 정확히 스물세 번."

이자벨이 오른손을 들면서 말했다.

"좋은 이야기네요."

서민들에게 존경을 받은 이야기는 아닌 것 같기도 하지만, 쿠니카는 솔직하게 감탄했다.

"전입 온 지 이틀 만에 비트겐슈타인 대위를 상대하는 법을 알아내다니, 대단한데."

이자벨이 몸을 돌려 감탄했다는 눈으로 쿠니카를 쳐다봤다.

"그래, 대단한 적응력이다."

아드리아나는 웃음이 나오려는 것을 필사적으로 참고 있는 얼굴이다.

"뭔가 가시가 돋힌 말투로군, 비스콘티 대위?"

자신은 기분 좋게 이야기했는데, 그걸 다 망쳤다는 것 같은 분위기의 하인리케.

"아름다운 장미의 숙명이려나?"

아드리아나가 윙크하며 대답했다.

그리고 그 때.

밖에서 자동차 경음기 같은 소리가 났다.

"응? 저 소리는?"

하인리케가 휴게실 문을 열고 격납고로 갔다.

쿠니카도 무슨 일인가 싶어서 그 뒤를 따라갔고.

그러자.

"공주님~!"

마침 회색으로 칠한 트럭이 기지로 들어와서는, 격납고 앞에서 멈추던 참이었다.

운전석에서 몸을 반쯤 내밀고 하인리케에게 손을 흔들고 있는 사람은 아무리 봐도 인상이 좋다고 하기 힘든, 턱수염을 기른 중년의 덩치 큰 남성이었다.

"영주님께서 보낸, 이번 주 선물입니다!"

"혹시, 대위 댁 사람인가요?"

쿠니카는 남자를 가리키며 하인리케에게 물었다.

"대충 그런 것이다."

하인리케는 트럭 쪽으로 가서 운전석에 있는 남자에게 말을 걸었다.

"매번 굳이 네가 올 필요는 없지 않은가?"

"무슨 말씀을, 공주님 존안을 뵐 기회를 놓칠 수는 없지 않습니까. 그리고 영주님이 잘 지내시는지 보고 오라고 신신당부도 하셨거든요."

약간 나이를 먹기는 했지만, 사실은 이 남자가 그 때 그 도둑 두목이다.

지금은 영지의 와인 농장 관리자 일을 하고 있다.

"레드인가?"

트럭의 포장을 들추고 나무 상자를 흘끗 보는 하인리케.

"아주 잘 나왔습니다."

남자가 씩 웃었다.

"이 몸은 레드를 그리 즐기지 않는다고 했거늘."

하인리케가 살짝 얼굴을 찌푸렸다.

"하는 수 없지. 정비반에게 줘야겠구나."

그 말을 듣고, 잔뜩 몰려와서는 저 멀리서 트럭 쪽을 구경하고 있던 정비반 사람들이 환호성을 질렀다.

"다른 짐은?"

신이 난 정비반은 무시하고, 하인리케가 남자에게 물었다.

"주문하셨던 바그너 오페라 레코드와 사회학과 미술사 책, 오 드 코롱이랑 비누——"

남자는 리스트를 확인했다.

"전부 가지고 왔습니다. 그럼, 다음엔 뭘 가지고 올까요?"

"그렇구나."

하인리케는 잠시 생각했다.

"카를스란트다운 과자를. 신참이 고향의 과자 자랑을 너무 해서 말이다. 진정 깊은 맛을 지닌 과자라는 것을 가르쳐 줘야겠다."

"바움쿠헨은 어떨까요?"

잠깐 생각하다가, 도적 두목이었던 남자가 제안했다.

"그거, 후소에도 있어요! 유하임이라는 과자 장인이 예전에 후소 까지 와서 만드는 방법을 알려줬대요."

쿠니카가 그렇게 말하자.

"………다른 것으로 해라."

후소에도 있다면 의미가 없는 것 같다.

"그렇군요."

남자는 또 생각했고, 이번엔 다른 아이디어를 제시했다.

"그럼, 슈톨렌으로."

"좋다."

하인리케가 활짝 웃으며 고개를 끄덕였다.

짐을 다 내린 트럭이 돌아가자, 쿠니카는 하인리케의 얼굴을 쳐다보며 의미심장하게 웃었다.

"뭐, 뭐냐, 기분 나쁘게?"

하인리케의 얼굴이 굳어졌다.

"대위는 말이죠."

쿠니카는 하인리케의 얼굴에 자기 얼굴을 가까이 들이댔다.

"정말로 존경받는 것 같네요?"

"다, 당연하지 않은가!"

갑자기 창피해졌는지, 하인리케는 팔짱을 끼고 고개를 확 돌렸다.

"저기요! 다음에 안미츠랑 슈톨렌 가지고 과자 대결을 해 볼까요?"

쿠니카가 제안했다.

"상대도 안 되지. 카를스란트의 슈톨렌은 세계, 아니, 우주 제일이다."

콧방귀를 뀌는 하인리케.

그러자.

"과자라면 벨기카제 초콜렛이 왕이지."

"무슨 소리냐. 우리나라가 자랑하는 젤라토보다 뛰어난 과자가 이 세상에 존재할 리가 있나?"

그러자 이자벨과 아드리아나까지 참전했다.

실제로 이 대결이 실현된 것은 한참 뒤의 일이지만——

이 때, 한 정비반 사람이 찍은, 사이가 나쁘다는 소문이 있던 하인리케와 아드리아나가 활짝 웃는 모습이 찍힌 사진은 상당히 희귀한 사진으로서 「라이프」지의 표지를 장식하게 된다.

저기……
그러니까, 잘 모르겠어요.
죄송합니다.

사냐 V 리트뱌크 중위
(『TIME』 특파원의 506JFW 설립에 관한 코멘트 요청에 대해)

第3幕
CHAPTER 3

NOBLE WITCHES
Shimada Humikane & Projekt World Witches

야간비행

"어때? 적응은 잘 했어?"

이곳은 명예대장 로잘리 드 엠리코트 드 그륀 소령의 방.

출격 대기에 들어가기 직전에 불려온 쿠니카는 갓 끓인 카페오레와 향기로운 갈레트를 대접받고 있었다.

"그러니까, 전 그런 것 같은데요."

손님용 가죽 의자에 앉은 쿠니카는 게랑드 천일염으로 맛을 낸 갈레트를 바삭, 앞니로 조금 베어 물었다.

일단은 명예대장 앞이다 보니 조심스레 행동하고 있는 것이다.

갈레트가 입안에서 녹으면서, 촉촉한 버터 향이 퍼졌다.

'이, 이건!'

조심스런 행동은 여기까지.

쿠니카는 더 이상 참지 못하고, 한 입 베어 물어서 초승달 모양이 된 갈레트를 입을 크게 벌리고서 한 입에 털어 넣었다.

'꼭, 다음에 과자 대결 할 때 대장도 참가하게 해

야지!'

"대장은 은퇴하고 할 일이 없으면, 꼭, 파티셰가 되면 좋을 것 같아요! 이렇게 맛있는 과자를 구우시니까 다른 특기가 없어도 괜찮을 거예요!"

쿠니카의 입에서 아무리 악의가 없다고는 해도 상당히 실례되는 말이 튀어나왔다.

"쿠니카 양."

로잘리는 쿠니카의 정면에 앉아서 미소를 지었다.

"당신이 와 줘서 정말 고마워. 비트겐슈타인 대위 말인데, 알다시피 좀 어렵잖아? 하지만, 당신하고는 평범하게 이야기하는 것 같거든."

"허아여(설마요~)?"

쿠니카는 나무 열매를 입안 가득 집어넣은 다람쥐 같은 얼굴로 고개를 저었다.

하긴.

하인리케는 이자벨이나 아드리아나보다 쿠니카한테 더 자주 말을 거는 것 같았다.

하지만 대화의 80% 정도는 '잠이 덜 깬 채로 눈을 비비지 마라'라든지, '빵을 입에 물고서 말하지 마라', '홍차에 설탕을 여덟 스푼이나 넣지 마라' 처럼.

일방적으로 야단만 맞을 뿐이고, 평범한 대화라고는 할 수 없는 것 같았다.

"비트겐슈타인 대위는 나이트 위치면서도 전투대장이잖아? 주간 전투는 비스콘티 대위한테 맡기고 있기는 한데——"

로잘리는 진하게 탄 모카 잔에 아이리시 위스키를 몇 방울 떨어트렸다.

"자꾸 잔소리를 하려고 드니까 비스콘티 대위도 곤란해 하고, 무엇보다 본인이 쉴 시간이 없어 보여."

"밤에는 초계 임무, 주간에는 전투 대장이면 확실히 부담이 크겠네요."

쿠니카는 두 번째 갈레트를 집으려고 손을 뻗으면서 동의했다.

"그래서 말인데."

갈레트를 집으려던 쿠니카의 손을 로잘리가 꼭 잡았다.

"당신이 아~주 조금만, 비트겐슈타인 대위의 야간 초계를 도와줬으면 싶어. 당신은 아직 여기 온 지 며칠 안 됐으니까, 적응하기 위해서라고 하면 대위도 싫다고 하지는 않겠죠."

쿠니카를 보는 로잘리의 눈동자가 촉촉했다.

이런 애완동물——다람쥐나 햄스터?——같은 표정을 지으면 거절할 수가 없다.

"대장도 참 힘드시겠네요."

쿠니카는 로잘리한테 잡히지 않은 왼손으로 갈레트를 집으면서 한숨을 쉬었다.

"……그런데, 야간 수당은 나오나요?"

그렇게 해서 초계 임무 15분 전.

"그대에게 나이트 위치의 적성은 없을 것 같다만?"

대기실 소파에 앉아서 쿠니카의 이야기를 들은 하인리케가 얼굴을 찌푸렸다.

"없어요."

쿠니카는 딱 잘라서 대답했다.

"그래도, 명령이니까요. 뭐든지 경험해 보는 게 좋지 않겠어요?"

"아무것도 모르는 신참이라면 또 모를까, 그대는 홍해의 격전을 헤쳐 나온, 그럭저럭 경험이 있는 자가 아니던가?"

"……그럭저럭, 인가요?"

나름대로 월급 이상의 활약을 했다고 생각했던 쿠니카는 살짝 풀이 죽었다.

"뭐, 좋다."

하인리케는 자리에서 일어났다.

"임무에 나선다. 준비하도록."

"예~!"

조금 전까지 풀죽은 얼굴이었던 쿠니카는, 폴짝폴짝 뛰면서 행거로 갔다.

"일하자, 일~ 야간 수당~!"

콧노래까지 부르며 걸어가는 그 모습에서, 긴장감이라고는 찾아볼 수가 없었다.

"………대담한 것인지 아니면 그저 생각이 없는 것인지, 알 수가 없군."

쿠니카의 뒷모습을 보며 중얼거리는 하인리케.

그 자리에 있던 정비반 사람들은 하나같이 후자라고 생각했지만, 그 누구도 소리 내어 말할 용기는 없었다.

"쿠로다 중위."

하인리케와 함께 첫 초계 임무를 나간다고 하니, 아드리아나와 이자벨이 배웅하러 나왔다.

"네우로이를 발견하면 즉시 보고해라."

팔짱을 낀 아드리아나가 동생을 배웅하러 나온 언니처럼, 약간 걱정하는 얼굴로 조언했다. 독선적이라는 평을 자주 듣는 아드리아나지만, 동료를 걱정하는 마음은 다른 사람들에게 지지 않았다.

"예."

그 말에 진지한 얼굴로 고개를 끄덕이는 쿠니카.

"야간은 주간하고 전혀 다르다. 설령 소형 하나라고 해도, 혼자서 쓰러트릴 수 있다고 생각하지 말고."

"예."

"모르는 게 있으면 부담 갖지 말고 비트겐슈타인 대위에게 질문해라. 설명도 잘 못하고 애교도 없지만, 가르쳐 주기는 하니까."

"예."

"우선 대위하고 떨어지지 않도록 하고. 멋대로 행동할 수도 있지만, 어떻게든 따라가라."

"예."

"바나나는 간식이 아니다. 그리고 애완동물 반입도 금지다."

"예. ……뭐야, 아이작~"

아이작이라는 별명으로 불리는 이자벨의 농담에도 자기도 모르게 진지하게 대답해 버린 쿠니카는, 허리에 손을 짚고 뾰루퉁한 표정을 지었다.

＊　　　　＊　　　　＊

밤에는 시야가 놀라울 정도로 좁아진다.

물체와의 거리 감각도 사라지고, 아무리 달빛이 있다고 해도 눈을 감고 날아가는 것 같은 감각을 느끼게 된다.

조명이 비치는 활주로에서도 그렇게 느껴질 정도니까, 비행 중에는 또 어떨지 너무나 불안하다.

시야를 확보하기 위해서 자꾸만 고도가 높아지기 쉬운데, 그렇게 되면 지상이나 저공비행하는 물체를 확인하기가 어려워진다. 게다가 오늘밤은 바람까지 세게 분다.

"어렵네~ 야간 초계."

1시 방향에 있는 하인리케의 모습을 보며, 쿠니카는 피곤해진 눈두덩을 마사지하면서 중얼거렸다.

한편, 빛나는 마도침을 보석 왕관처럼 전개하고 선행하는 하인리케는——

"애교가 없다고? 멋대로 굴어? 비스콘티 대위 그 녀석. 쿠로다 중위에게 해 준 그 잔소리 같은 조언들, 그건 틀림없이 이 몸이 들으라고 한 소리일 것이다."

라고, 출발 직전에 있었던 일에 대해서 투덜거리고 있었다.

"아니에요, 친절한 조언이라니까요. 대위 말을 잘 들으라는 뜻이 잖아요?"

"그 녀석이 친절하다면, 이 몸은 한밤중에 햇볕에 그을릴 것이다."

"또 그러신다~ 너무 그러지 마세요."

착임 초기에 하인리케와 아드리아나가 마주칠 때면 쿠니카도 꽤 긴장했었지만, 지금에 와서는 많이 익숙해졌다.

그렇게 부딪히는 것은 두 사람 나름대로의 대화 방법일 뿐이고, 정말로 싸우는 게 아니라고 깨달았기 때문이다.

　──지금까지는 그랬지만.

　"이상은?"

　하인리케가 약간 속도를 늦춰서 쿠니카 옆에 붙었다.

　"없는 것 같기도 하고…… 아닌 것 같기도 하고?"

　전방을 응시하면서도, 쿠니카는 전혀 자신이 없다는 듯이 고개를 갸웃거렸다.

　"확실히 하지 못할까."

　하인리케가 노려봤다.

　만약, 이것이 시험이고 하인리케가 교관이었다면, 쿠니카는 단번에 불합격했을 것이다.

　"그치만 하나도 안 보이잖아요. 주위가 거의 새카만 게."

　코를 베어 가도 모를 정도로 어둡다는 표현이 바로 이런 상황을 두고 말하는 게 틀림없다.

　바로 옆에 하인리케가 있어서 안심이 되지만, 만약 혼자였다면 숲속에 처박혔을지도 모른다.

　"아래는 숲, 달은 초승달. 당연하지 않은가."

　하인리케는 쿠니카가 반해버릴 만큼 단정한 코로 콧방귀를 뀌고는, 살짝 미소를 지었다.

　"뭐, 이 몸의 마도침에도 반응이 없다. 그렇다면 현재까지는 아주 평화로운……."

　하인리케가 그렇게 말하던 바로 그 순간.

　"!!"

쿠니카의 시야 한쪽에서 뭔가가 움직였다.

10시 방향, 거리는 어림짐작으로 대략 100미터.

고도는 쿠니카가 있는 곳보다 약간 아래.

네우로이라면 상당히 소형으로 분류되는 종류다.

"대위!"

쿠니카는 그쪽 방향으로 몸을 돌리고 MG42를 겨눴다.

그러자 또 뭔가가, 이번에는 쿠니카의 정면에서 움직이는 것이 보였다.

'뭔가가 분명히 있어!'

쿠니카의 얼굴에 긴장한 기색이 드리웠다.

하지만.

"진정하지 못할까."

하인리케가 한숨을 쉬면서, 쿠니카의 팔을 잡고서 총구를 내리게 했다.

"자세히 봐라."

"그러니까."

쿠니카는 작은 물체가 움직인 방향을 열심히 쳐다봤다.

검은 그림자가 네우로이 치고는 유난히 느린 속도로 이쪽을 향해 날아오더니, 쿠니카의 아래쪽을 지나가며 '부엉'하고 울고는 뒤쪽으로 지나가버렸다.

"부엉, 하고 우는 초소형 네우로이?"

그럴 리가 없다.

상공에서 사냥감을 찾고 있는 야행성 맹금류다.

"부엉이다, 멍청한 것."

하인리케는 화낼 기력도 없는 것 같다.

"네우로이였다면, 네 눈에 들어오기 5분 전에 이 몸의 마도침이 포착했다."

"그렇겠네요……. 잠깐, 그렇다면 제가 필사적으로 이상한 것을 찾으려고 노력할 의미는?"

"없다."

하인리케가 딱 잘라 말했다.

"……혹시 저, 도움이 안 되나요?"

"달리 표현하자면 거치적거리는 존재다."

"그렇게까지 말할 필요는……."

쿠니카의 어깨가 축 늘어졌다.

"이번 임무, 대장이 쓸데없이 배려한 것이지? 나도 이해한다."

하인리케는 달래 주려는 듯이 계속 말했다.

"허나. 이 몸에게 그런 배려는 필요 없다. 이 몸은 전투대장 역할을 부담이라고 느끼지 않는다. 가끔…… 아니, 종종 비스콘티 대위와 의견 대립을 보이는 때도 있지만, 그 녀석의 실력은 이 몸도 인정하고 있다. 그대도 얼핏 보면 장난기가 많고 얼빠져 보이는 수전노 같지만, 사실은 꽤나——"

하인리케는 그렇게 말하면서 쿠니카 쪽을 봤다.

"엥?"

쿠니카는 로잘리가 만든 특제 갈레트를 입에 물고 있었다.

야식으로 얻어 온 것이다.

"뭐, 뭐냐 그건?!"

"야식이요. 배가 고프면 못 싸우잖아요."

쿠니카는 입에 문 채로 대답했다.

"똑바로 하지 못할까!"

사라졌던 노기가 폭발했다.

"그대가 온 뒤로 군기가 빠진 분위기가 비스콘티와 아이작, 정비반한테까지 영향을——"

하인리케의 기총소사 같은 잔소리가 시작된 직후.

머리 위의 마도침이 빛났다.

"네우로이?! 2시 방향, 거리 3500! 가깝다!"

이번에야말로 진짜 네우로이였다.

쿠니카와 하인리케는 속도를 높였다.

"찾았다! 저거, 저거 맞죠!"

몇십 초 뒤, 전방에 방추형 비행물체가 보이기 시작했다.

소형.

게다가 하나뿐이다.

흔하지 않은 모양, 솔직히 쿠니카는 처음 보는 타입이다.

"본부에 연락!"

인컴에 손을 대는 쿠니카.

"필요 없다! 고작해야 한 기, 선 조치 후 보고하면 된다! 해치운다!"

하인리케는 네우로이를 향해 접근하며, 원래 폭격기의 총좌에 거치하는 용도인 MG151/20을 겨눴다.

지금까지 했던 이야기 때문에 약간 화가 난 것 같다.

신중하지 못한 정도가 아니라, 군기 위반도 될 수 있는 행동이다.

"아, 잠깐만요!"

쿠니카는 당황해서 하인리케의 뒤를 쫓아갔다.

"비스콘티 대위가 발견하면 바로 보고하랬는데!"

"문제없다!"

방아쇠를 당기는 하인리케.

쏘아올린 예광탄이 하얀 선을 그렸다.

하지만.

네우로이는 급가속해서 공격을 피했다.

두 사람의 눈앞에서 네우로이의 모습이 사라졌다.

"어디로 갔죠?"

쿠니카가 주위를 이리저리 둘러봤다.

"속도를 낮춘 것 같다. 시인할 수가 없다."

하인리케가 마도침으로 위치를 찾으려 했다.

하지만, 그럴 틈을 주지 않았다.

새카만 바다 같은 아래쪽 숲에서 빔이 날아왔고, 쿠니카 바로 옆을 스치고 지나갔다.

두 사람은 반격했지만, 네우로이는 이번에도 재빨리 모습을 감췄다.

"아 진짜, 안 맞잖아!"

"에잇, 인정하고 싶지 않지만, 나도 그렇다!"

"아까 저보고 도움이 안 된다고 해서 벌 받는 거예요!"

"도움이 안 된다는 말은 네가 하지 않았나! 이 몸은 거치적거린다고 했다!"

"별 걸 다 따지시네요! 대위는 말이죠, 틀~림 없이 1페니 동전을 병에 모으는, 그런 사람일 거예요!"

"그건 네가 아닌가! 이 수전노!"

"역시 본부에 연락할게요!"

쿠니카는 귀에 있는 인컴에 손을 댔다.

"으음."

하인리케는 내키지 않았지만, 어쩔 수 없이 고개를 끄덕였다.

그런데.

"대위~!"

인컴을 조작하던 쿠니카가 한심한 목소리로 호소했다.

"제 인컴, 망가진 것 같아요……. 비전투 손실이라고 자비로 수리하라고 하는 건 아니겠죠?"

"그토록 철저히 준비하라고 말했건만——"

얼굴을 찌푸린 하인리케가 자기 인컴으로 연락을 취하려고 했다.

하지만, 들리는 것은 잡음뿐이다.

"망가진 게 아니다."

몇 가지 다른 주파수를 시험해 본 뒤, 하인리케가 쿠니카에게 말했다.

"전파방해다."

"네우로이가요?!"

"우리를 고립시켜서 해치울 속셈인지도 모른다."

"그렇게 여유 있는 발언을 할 상황이——"

그렇게 말하는 쿠니카를 향해, 또다시 빔이 날아왔다.

"어디서 왔지?!"

저고도에서 고속에서 이동하고 있을 것이다.

하인리케의 마도침으로도 위치를 찾아내지 못했다.

"모르겠어요! 전 나이트 위치가 아니잖아요!"

총구를 어디로 겨눠야 할지도 모르는 쿠니카는, 완전히 포기한 상태다.

"……이 몸이 미끼가 되겠다. 중위, 그대는 빔의 빛을 잘 보고 네우로이의 위치를 파악해라."

하인리케는 그렇게 말하고 고도를 낮추려고 했다.

"자자자, 잠깐만요! 미끼라면 제가!"

쿠니카가 하인리케의 팔을 붙잡았다.

"주간이라면 또 모를까, 이 암흑 속에서 그대가 네우로이의 빔을 피할 수 있겠나?"

"하지만!"

"기각이다."

하인리케는 쿠니카의 손을 뿌리쳤다.

그런데 그 때.

"대위, 저기, 저기요!"

쿠니카가 역시 방향을 가리키며 큰 소리로 말했다.

네우로이인가 싶어서 총을 겨누는 하인리케.

하지만.

거기에 있는 것은 저속으로 비행하는 민간기였다.

위보 238.

갈리아제 3발기다.

"이런 때 민간기라니?! 비행 계획은 있었나?!"

"저도 몰라요!"

"아무튼, 네우로이를 이쪽으로 끌어들여야겠다!"

──민간기, 들리나?! 당소 506JFW 비트겐슈타인 대위라 알린다! 네우로이가 접근해 있다! 즉시 선회하라!

민간용 주파수로 통신을 시도하는 하인리케.

──아, 알았다! 귀소의 행운을 빈다.

잡음이 많이 섞이긴 했지만, 거리가 가까운 덕분인지 민간기로부터 응답이 돌아왔다.

민간기는 서둘러 방향을 바꾸고, 쿠니카와 하인리케가 있는 위치에서 멀어져 갔다.

"이탈했나?"

"그런 것 같아요."

쿠니카와 하인리케는 민간기가 떠나는 모습을 지켜보고 안도의 한숨을 쉬었다.

하지만, 다음 순간.

네우로이가 두 사람 뒤쪽에 나타났다.

"대위!"

"이 타이밍에?!"

몸을 비틀 듯이 방향을 바꾸고 산개하는 두 사람.

쿠니카가 방아쇠를 당겨서 견제하려는 듯이 총탄을 퍼붓자, 네우로이가 성게 같은 모습으로 변했다.

수많은 바늘로 뒤덮인 그 기체에서 360도, 모든 방향을 향해 진홍색 빛을 띠는 바늘이 발사됐다.

"으아아!"

간신히 피하는 데 성공한 쿠니카.

하지만 쿠니카보다 가까운 위치에 있던 하인리케는 피할 시간 여유가 없었다. 네우로이가 발사한 바늘 몇 개가 스트라이커 유닛에 명중하자 유닛의 외장 일부가 벗겨졌고, 그 파편이 하인리케의 어깨에 박혔다.

"!"

자세가 무너진 하인리케는 반 바퀴 회전한 후 급격히 고도가 떨어졌다.

"대위!"

쿠니카는 재빨리 하인리케에게 접근해서 팔을 붙잡았다.

쿠니카는 그대로, 어떻게든 네우로이와 거리를 벌리기 위해서 속도를 높였다.

하지만 네우로이는 쫓아오면서 사정없이 빔을 쏴 댔다.

빔이 머리 바로 위를 스치자, 머리카락 타는 냄새가 났다.

"다친 곳은요?"

말을 거는 쿠니카.

"아, 그래. 크게 다치지는 않았다."

하인리케가 고개를 끄덕이며 대답했다.

다행히도 파편의 뾰족한 부분이 몇 센티미터 정도 파고들어갔을 뿐이었다. 쿠니카는 파편을 손으로 잡고 뽑아내서 내던져 버렸다.

"일단 이탈하겠습니다!"

쿠니카는 하인리케의 옆구리에 팔을 둘렀다.

"무슨 소리인가?! 아직 싸울 수 있다! 상대는 소형 하나뿐이지 않은가!"

버둥대는 하인리케.

"다쳤잖아요! 아무튼 떨쳐내고 치료부터 해요!"

빔과 바늘을 번갈아 날리며 추적해 오는 네우로이. 쿠니카는 지그재그 비행으로 공격을 피하며 고도를 낮췄다.

"숲으로 들어갑니다~!"

"으아, 잠깐!"

기다리라고 해서 기다렸다간 확실하게 네우로이의 표적이 된다.

일단 몸을 숨겨야 한다. 위험하다는 것은 알지만, 쿠니카는 네우로이를 따돌리기 위해서 나무 사이로 날아 들어갔다. 빽빽하게 자란 참나무와 전나무의 커다란 가지가 쿠니카의 몸 곳곳을 때리고는, 소리를 내면서 부러졌다.

"지금 그 충격이 네우로이의 공격보다 더 대미지가──"

숲으로 들어간 쿠니카는 착지했고, 항의하려는 하인리케의 입을 막고는 근처에 있는 나무줄기에 딱 붙어서 가만히 숨을 죽였다.

위쪽을 올려다보니, 네우로이는 두 사람 바로 위를 통과해서는 그대로 속도를 줄이고 남서쪽을 향해 날아갔다.

몇 분이 지나, 하인리케가 얼굴을 찌푸렸다.

"……큰일났군."

"왜 그러세요?"

따악!

"뭐, 뭐냐?!"

순간, 하인리케는 무슨 일이 일어났는지 이해하지 못했다.

초승달 밤의 숲속이다. 고개를 돌려서 하인리케 쪽을 보려던 쿠니카의 이마가 요란한 소리를 내면서 하인리케의 이마에 부딪힌 것이다.

"그, 그대라는 자는~!"

하인리케는 눈물을 글썽거렸다.

"그, 그래서 뭐가 문제인데요?"

이쪽도 눈물이 글썽글썽. 쿠니카는 얼버무리기 위해서 물었다.

"마도침을 쓸 수가 없다."

어둠 속에서 삐친 목소리가 들려왔다.

"예? 왜요?"

또 물어보려던 쿠니카가 눈치를 챘다.

"혹시, 아까 그 바늘 같은 것 때문에?"

바늘 모양이었던 것이 뭉개져서 원 모양으로 변했고, 그것이 스트라이커 유닛에 달라붙어 있었다.

"아마도. 이 몸의 마도침과 스트라이커 유닛의 움직임을 저해하는 채프의 일종 같은데, 무른 금속으로 만들었는지 스트라이커 유닛에서 떼어낼 수가 없다."

아픔을 참으며, 하인리케가 말했다.

"대(對) 나이트 위치, 통신 방해에 특화된 네우로이인가? 재미있군."

"……어깨 보여주세요."

긴급용으로 가지고 온 소형 손전등을 켠 쿠니카는 하인리케의 앞섶 단추를 풀고 쇄골부터 어깨 부분이 드러나게 하더니, 상처에 입을 댔다.

"뭐, 뭐, 뭐, 뭘 하는 거냐?!"

"세균이 들어가면 안 되니까요."

"됐다! 내가 알아서 하겠다!"

하인리케는 얼굴이 새빨개져서 쿠니카의 머리를 밀쳐내려고 했다.

"무슨 소리예요, 자기 입은 안 닿는 데잖아요? 로쿠로쿠비도 아니고."

"로쿠로쿠비? 자꾸 뭔지도 모를 후소 한정 고유명사를 말하지 마라!"

"아무튼 가만히 계세요."

"으, 으음."

쿠니카는 피를 빨아내서 땅바닥에 뱉었다.

"이, 이정도면 되려나?"

몇 번인가 같은 행동을 반복하고, 쿠니카는 손전등으로 하인리케의 얼굴을 비췄다.

"마도침은 아직도 못 써요?"

"아까보다 감도가 떨어졌다. 더 큰 문제는 스트라이커 유닛도 작동하지 않는다. 마법력이 떨어진 것 같아."

하인리케는 포켓 나이프로 네우로이가 쏜 금속을 벗겨내려고 했지만, 잘 되지 않아서 고개를 저었다.

"이 몸을 이곳에 두고, 그대는 기지로 돌아가라."

"싫어요."

쿠니카는 일어서서 하인리케의 겨드랑이에 팔을 둘렀다.

"저, 전우는 절대로 버리지 않아요. ……그러기로 했으니까."

"이 몸은 현재 그대의 상관이다. 전우라고 하지 마라."

하인리케는 발버둥쳤지만, 쿠니카는 그대로 날아올랐다.

날아올랐지만.

빠악!

커다란 느릅나무 가지에 머리를 부딪치고, 그대로 떨어졌다.

"아으~ 이러다 바보 되겠어~"

머리를 감싸고 웅크리고 앉은 쿠니카.

"이미 충분히 바보다! 대체 무슨 짓이냐!"

"뭔가에 머리를 부딪쳐서——"

"네 눈은 장식이냐!"

하인리케는 쿠니카의 어깨를 붙잡고 흔들어댔다.

"비타민A를 섭취해라, 비타민A! 후소의 사카모토 소령은 501 시절에 대원들에게 간유(肝油)를 먹였다고 들었다!"

더할 나위 없이 호쾌한 사카모토 미오 소령의 야습 대책은 이미 전설이 된 에피소드다.

"그치만, 비타민A도 너무 많이 먹으면 안 좋다고요. 백곰 간을 너무 많이 먹으면 식중독에 걸린다잖아요."

"매일 백곰 간을 먹을 셈인가?!"

"……백곰, 맛있나요?"

"내가 알겠느냐! 아까 그 손전등은?!"

하인리케는 이리 내놓으라는 듯이 손을 내밀었다.

"……떨어트렸어요."

"정말이지!"

하인리케는 팔짱을 끼고 쿠니카 옆에 앉았다.

"이래선 둘 다 움직일 수가 없군."

그 무렵.

스당에서는 두 사람과 연락이 끊겨 난리가 나기 시작했다.

"네우로이로 보이는 것이 레이더에 잡혔고, 두 사람이 그쪽으로 이동하는 것까지는 포착했는데……."

레이더 요원이 로잘리에게 상황을 설명했다.

"위치를 전혀 파악할 수 없다는 말이군요?"

눈살을 찌푸리는 로잘리.

"아쉽게도."

로잘리도 아까부터 목이 쉬어라 무전에 대고 호출했지만, 대답이 없었다.

"놓친 위치가 어디쯤이죠?"

"그게——"

레이더 요원은 조금 전에, 비공식 라인을 타고 들어온 정보를 작은 소리로 말했다.

"비공식으로 어떤 공역을 비행하던 갈리아 정부 비행기가, 비트겐슈타인 대위로부터 네우로이가 접근 중이라는 보고를 받았다고 합니다."

민간기로 위장한 갈리아 정부의 비행기는 런던으로 향하는 특사를 태우고 있었다.

비밀 회의 참가가 목적이었기 때문에, 그들이 제출한 비행 계획이 스당 기지에 들어온 것은 쿠니카와 하인리케가 초계 임무를 위해 출발한 뒤였다.

"두 사람이 네우로이와 접촉한 건 틀림없는 사실인 듯하군요."

로잘리는 아드리아나와 이자벨라를 바로 기상시키기로 했다.

"어때요?"

지상으로부터 몇 미터밖에 안 되는 초저공으로 하인리케의 유도를 받으며 비행하던 쿠니카가 물었다.

"덕분에 많이 좋아지기는 했다만……."

쿠니카에게 안긴 하인리케가 마도침을 시험해 봤지만, 머리 위에 발생한 왕관 모양 마도침의 빛이 너무나 약해서 네우로이가 있는 방위만 간신히 알 수 있는 정도였다.

"회복하려면 꽤 걸릴 것 같다."

"그럼 여기서 또 쉬고 가죠."

쿠니카는 천천히, 조심하면서 하인리케를 풀 위에 내려놨다.

"……이거, 드실래요?"

옆에 앉은 쿠니카는 갈레트를 넣어 둔 종이봉투를 꺼냈다.

여섯 개를 가지고 왔지만 아까 한 개를 먹어서 남은 건 다섯 개. 쿠니카는 망설이더니, 다섯 개 중에 두 개를 하인리케에게 내밀었다.

"필요 없다. 그나저나 그 얼굴은 대체 뭐냐! 그렇게 주기 아깝다는 표정을 하고서는 나보고 먹으라는 건가?!"

쿠니카의 얼굴을 본 하인리케는 고개를 저었다.

"아닌데요~ 저 그렇게 못되지 않았거든요."

아무래도 쿠니카는 상당히 싫다는 표정을 하고 있었던 것 같다.

"……그런 말은 침부터 닦고 나서 해라."

"대위는 간식 안 가지고 오셨어요?"

쿠니카는 입술을 삐죽 내밀었다.

"없다."

"아, 간식이 아니라 야식은——"

"없다."

아무래도 대화가 일방적으로 흘러가고 있는 것 같다.

"따분하네요."

조금 지나서, 쿠니카가 말했다.

"그렇지도 않다."

하인리케의 말투는 퉁명스러웠다.

"심심하니까, 서로 좋아하는 것 얘기해요."

"싫다."

"그러면, 저 먼저 할게요! 일단 역사 속 인물부터. 전 시즈카 고젠!"

"싫다고 하지 않았나! 이 몸의 말을——"

"빨리요, 빨리! 대답하세요!"

"……이, 이 녀석은 못 당하겠구나."

하인리케는 진심으로 그렇게 생각하기 시작했다.

"아직 정식 발족도 안 했는데, 대원 두 명이 행방불명."

아드리아나와 이자벨을 앞에 둔 로잘리의 얼굴에는 불안한 기색이 가득했다.

"혹시 무슨 일이라도 났으면……."

로잘리는 두 사람에게 상황을 설명한 뒤에 입술을 깨물었다.

"일단 못박아 두겠는데."

팔짱을 끼고, 책상 끝에 걸터앉아 있던 아드리아나가 말했다.

"사표만은 참아 줘."

이 말을 들은 로잘리는 고개를 저었다.

"이제 한계에요. 나, 대장이 될 그릇이 아닌 모양이에요."

"로잘리 드 엠리코트 드 그린 소령."

아드리아나는 뒤꿈치를 딱 부딪치며 차려 자세를 했다.

"나는 성격이 이렇다보니 여기저기서 부딪히고, 군기를 위반하고, 어리석은 상관의 명령을 무시해 왔어. 이곳에 오게 된 것은 귀찮은 물건을 치우겠다는 의도 때문인 것 같고. 나도 처음 이 스당에 배속됐을 때는 보나마나 바로 다른 곳으로 쫓겨날 거라고 생각했지. 하지만 지금은 이곳이 내가 있을 곳이라고 생각해. 그렇게 생각하게 된 건, 소령이 있기 때문이야. 부하와 함께 고민하는 당신이. 제발 부탁이야."

아드리아나는 로잘리를 똑바로 쳐다봤다.

"내가 있을 곳을 없애지 말아 줘."

506의 일원이 된 이후로, 아드리아나는 눈에 띄는 군기 위반을 저지른 적이 없다. 그녀의 경력을 봤을 때, 있을 수 없는 사태였다.

"나도 여기가 마음에 들어. 그리고——"

이자벨도 고개를 끄덕였다.

"그 두 사람은 괜찮을 거야. 그래 보여도, 쿠로다는 할 때는 하는 사람일지도 모르니까."

"그래, 신기한 녀석이다."

이번에는 아드리아가 동의하면서 미소를 지었다.

그 무렵.

당사자 두 사람은 속 편하게——까지는 아니지만——신나게 영화에 대한 이야기를 하고 있었다.

"헤에~ 의외네요. 대위는 뭔가 영문 모를 예술영화를 좋아할 줄 알았는데."

하인리케가 버스터 키튼의 코미디 영화를 자주 본다는 이야기를 듣고, 쿠니카는 눈이 휘둥그레졌다.

"본디 오락인 영화 때문에 머리를 피곤하게 만드는 것은 어리석은 짓이다. 편한 것이 제일이 아닌가?"

어깨를 으쓱하며, 하인리케가 물었다.

"그대는 어떤 영화를 보는가?"

"찬바라!"

질문이 끝나자마자 바로 대답했다.

"그것도 후소 특유의 장르 같은데? 어떤 영화인가?"

찬바라라는 말을 처음 들은 하인리케가 눈살을 찌푸렸다.

"그러니까, 간단하게 말하자면, 좋은 사람이랑 나쁜 사람이 칼을 휘두르면서 싸우는 영화?"

"후소판 기사 이야기인가?"

하인리케가 물었다.

"으음. 기사가 아니라 무사지만."

쿠니카가 고개를 끄덕였다.

"무사라는 것도 명예를 중시하는가?"

"기사도랑 무사도도 꽤 닮았죠? 영화 속 얘기기는 하지만."

"그대도 화족이라고 불릴 정도라면, 무사도에 따라 살아 오지 않았는가?"

"그러니까, 저는 분가에서도 끝자락이라고요. 그런 것하고는 아무런 인연도 없는 데서 자랐거든요."

"그대는 정말 이해할 수가 없다."

하인리케는 나뭇가지 사이로 보이는, 별이 없는 하늘을 올려다 봤다.

"어디가요?"

"그대는 아까 이 몸을 두고 갔어야 하는데 그러지 않았다. 그러한 고귀한 행동을 하면서도 자신이 귀족, 아니 화족이라고 했던가, 그런 그릇이 아니라고 하지 않는가."

"전우를 구하는 게 그렇게 신기한 일인가요?"

"냉정하게 판단하면, 그 네우로이가 인류에게 해를 끼치기 전에 격추하기 위해 기지로 돌아가 보고를 했어야 한다."

"그 네우로이는 대위 생각이 맞다면, 대 나이트 위치형 네우로이 잖아요? 저희를 해치울 때까지는 아무데도 안 가요."

"그래, 귀찮은 일이지만."

하인리케는 하늘을 보면서 쿠니카에게 손을 내밀었다.

"왜요?"

"갈레트."

"역시 먹고 싶어졌구나."

쿠니카는 갈레트 한 개를 하인리케의 손에 올려놨다.

"……아까는 두 개가 아니었나?"

하인리케가 재촉했다. 딱히 먹고 싶은 건 아니지만, 약간 짓궂게 굴고 싶은 기분이었다.

"아우."

쿠니카는 눈물을 삼키며 봉투에서 갈레트를 한 개 더 꺼냈다.

같은 시각, 생트롱 기지.

"모두, 긴급사태야. 스당에 있는 506의 위치가 초계 임무 중에 소식이 끊어졌어."

스당에서 연락을 받은 미나 디트린데 빌케 중령이 게르트루트 바르크호른 대위와 에리카 하르트만 중위, 그리고 하이데마리 W 슈나우퍼 소령 앞에서 말했다.

"506이라니, 벌써 창설됐나?"

베개를 끌어안고 눈을 비비며 물어본 것은 하르트만이다.

"아니, 멤버는 모였지만 정식 창설은 아직일 터."

만담 상대, 가 아니라 파트너인 바르크호른이 설명했다.

"맞아."

고개를 끄덕인 미나는 조금 전에 적은 메모를 확인했다.

"행방불명된 사람은 비트겐슈타인 대위와 쿠로다 중위. 레이더 에서 사라진 포인트에서는 우리가 제일 가까워."

"비트겐슈타인이라면, 그 공주님 말인가?"

바르크호른이 눈살을 찌푸렸다.

"으아, 귀찮겠다~"

하르트만도 손을 머리 뒤에 대고 깍지를 꼈다. 정당한 명성인지 악명인지는 둘째 치고 프린체신, 즉 비트겐슈타인의 이름을 모르는 군인은 최소한 카를스란트에는 없다.

"나쁜 사람은 아니에요. 오해를 사기는 쉽지만…… 엄청."

그렇게 감싸 준 사람은 하이데마리. 예전에 하인리케와 같은 야간전투항공단에 소속된 적이 있는 사이다.

"그래서, 이쪽에서도 비공식적으로 수색대를 보낼까 하는데."

미나는 로잘리의 입장을 생각해서 일을 크게 만들지 않기로 한 것이다.

"역시, 이런 일은 하이데마리한테 맡기는 게 좋지 않을까."

그렇게 제안한 사람은 하르트만이다.

"그렇겠네요. 저는 나이트 위치고, 대위에 대해서 잘 알고 있으니까요."

자신이 적임이라는 얼굴로 고개를 끄덕이는 하이데마리.

"그렇다네."

하르트만은 씩~ 웃고, 폭격기나 대형 수송기를 연상시키는 하이데마리의 가슴을 가리켰다.

"보조 연료 탱크를 상비하고 있어서 장시간 수색도 OK."

"이, 이건 연료 탱크가 아니라고요!"

하이데마리는 얼굴이 새빨개져서 두 손으로 자기 가슴을 가렸다.

"무겁지 않은가?"

쿠니카한테 안겨서 날아가는 하인리케가, 쿠니카가 걱정된다는 듯이 물었다.

"……솔직하게 말하면 화낼 거죠?"

등에는 자신의 MG42와 하인리케의 MG151/20. 손이 저리기는 했지만, 지금 약한 소리를 하고 쉬게 되면 다시는 날아오르지 못할 것 같았다.

"지금 그 말 때문에 화가 났다!"

쿠니카가 대답하지 않아서 하인리케는 화가 났다.

"조, 조용히."

네우로이는 아직 그리 멀리 가지 않았다.

두 사람을 찾고 있는 것 같다.

"아직, 못 날겠죠?"

쿠니카가 작은 소리로 물었다.

"날아 봤자 몇 분."

작은 여자아이한테 안긴 곰 인형 같은 자세로 대답하는 하인리케.

"그것도, 기어가는 것 같은 속도로. ……하나, 제안할 게 있다. 확률이 낮은 도박이지만."

하인리케가 쿠니카의 귀에 속삭였다.

"그대, 도박은 잘 하나?"

"전혀요."

초등학교 시절에 도둑잡기 카드 게임을 할 때마다 도둑을 뽑는 천재라는 소리를 들었던 쿠니카는, 크나큰 자신감과 함께 고개를 저었다.

10분 뒤.

하인리케의 몸이 천천히 밤하늘로 날아올랐다. 수백 미터 떨어진 지점에서 나이트 위치를 찾던 네우로이가 반응해서 똑바로 접근했다.

그리고 빔과 바늘이 발사되려고 한 그 순간.

'지금이다!'

하인리케는 스트라이커 유닛에서 이탈했다. 마법력을 끊은 몸이 숲을 향해 거꾸로 떨어졌다.

네우로이는 하인리케의 모습을 놓쳤다.

그리고.

"으아아앗!"

나무 사이에 숨어 있는 쿠니카가 똑바로 누운 자세로 하인리케를 받았다.

"나이스 캐치다!"

"예!"

하인리케는 쿠니카 위에 올라탄 채, 쿠니카가 건넨 MG151/20의 방아쇠를 당겼다. 동시에 쿠니카의 MG42도 불을 뿜었다.

굉음에 놀란 주위의 새들이 날아올라서 하늘을 뒤덮었다. 납탄을 맞은 네우로이의 외장이 점점 벗겨지고 빛의 파편이 되어 흩어지자, 코어가 드러났다.

"해치웠나?!"

탄을 다 쏴 버린 하인리케가 쿠니카의 품 안에서 몸을 내밀고 확인했다.

하지만.

아주 조금. 탄이 코어를 아주 조금도 맞추지 못했다.

코어는 심장이 고동치는 것처럼 흉흉하게 맥박치는 빛을 유지하고 있다.

표면만 갉아냈을 뿐이다.

"여기까지인가."

네우로이가 재생하며 회전력을 잃은 팽이처럼 움직여 이쪽을 향하는 것을 보고, 하인리케는 각오하고 말았다. 쿠니카는 몸을 반 바퀴 돌려서 하인리케를 감싸려는 것처럼 둘의 위치를 바꿨다.

"중위, 그대?!"

어깨 너머로 쿠니카를 올려다보는 하인리케.

"받은 만큼만 일하면 된다고 생각했는데 말이죠."

쿠니카는 쑥스럽다는 듯이 웃었다.

"왠지, 이런 때는 몸이 멋대로 움직이더라고요."

"수전노로서 실격이군."

하인리케는 몸을 비틀어서 쿠니카 쪽을 봤다.

두 사람은 이마를 가까이 하고 서로의 이마가 닿자 눈을 감았다.

그리고——

퍼엉!

폭발 소리가 주위에 울리고, 나무들이 흔들렸다.

코어를 꿰뚫린 네우로이는 빛나는 가루가 되어 사라졌다.

"저건?"

눈이 휘둥그레진 하인리케가 쿠니카의 어깨 너머로 이쪽을 향해 다가오는 실루엣을 발견했다.

그것은——

"무사하신가요?"

하인리케와 똑같은 MG151을 들고, 어깨를 들썩이며 크게 숨을 쉬고 있는 하이데마리였다.

조금 뒤.

"정말 스탕까지 바래다드리지 않아도 괜찮겠어요?"

하이데마리는 하인리케를 업은 쿠니카에게 물었다.

"아니, 괜찮다. 정말 큰 도움을 받았다."

하인리케는 미소를 짓고, 쿠니카의 어깨를 한 번 두드렸다.

"돌아가는 길은 이쪽 전우 하나로 어떻게든 된다. 그대에게 너무 폐를 끼칠 수도 없고."

"폐라뇨. 언제든 달려올게요."

하이데마리가 말했다.

"알겠다."

"……소령, 혹시 대위랑 친구인가요?"

쿠니카는 믿을 수 없다는 얼굴로 하이데마리와 하인리케를 번갈아서 쳐다봤다.

"아, 그게…… 전에 대위한테 큰 은혜를 입었습니다."

약간 쑥스러워하는 하이데마리.

"이 몸한테 친구가 있으면 안 되나?"

하인리케가 인상을 썼다.

"네."

쿠니카가 솔직하게 대답하자, 하인리케의 두 손이 쿠니카의 목을 감았다.

"고마워요, 슈나우퍼 소령!"

쿠니카는 악수하려고 손을 뻗다가, 하마터면 등에 업은 하인리케를 떨어트릴 뻔했다.

"아, 아뇨 뭘!"

소심한 하이데마리는 고맙다는 말을 듣자 얼굴이 새빨개졌다.

"이 답례는 나중에 꼭 하겠다. 그럼."

하인리케는 쿠니카한테 업힌 채 경례했다.

"예!"

하이데마리도 경례를 했고, 떠나는 두 사람을 배웅했다.

"봐요 대위! 해가 떠요!"

쿠니카가 가리킨 동쪽 하늘이 밝아지기 시작했다.

"긴 임무였구나."

하인리케의 입술에서 작은 한숨이 흘러나왔다.

다른 사람 앞에서 한숨을 쉰 일은 입대한 뒤로는 처음이다. 하지만 지금의 하인리케에게 쿠니카는 약한 모습을 보여줄 수 있는 몇 안 되는 동료가 되어 가고 있었다.

"자, 서두르자."

"날아가는 사람은 저거든요."

"그렇다면 메서슈미트를 내게 넘겨라. 그건 원래 이 몸의 예비 기체다."

"넘기면, 업고 날아 주실 건가요?"

"아니, 여기에 내버리고 간다. 애당초 이 몸 혼자였다면 그런 추태를 보이지도 않았을 테니까."

하인리케가 고개를 획, 하고 돌렸다.

"너무해~"

웃음소리가 동트는 아침 하늘에 울려 퍼졌다.

마침내──

전방에 두 사람을 마중 나온 이자벨과 아드리아나의 모습이 보이기 시작했다.

"괜찮아?"

먼저 다가와서 쿠니카에게 말을 건 사람은 이자벨이었다.

"응."

쿠니카가 고개를 끄덕였다.

"걱정했다."

아드리아나도 쿠니카를 위로했다.

"그대들, 이 몸은 걱정하지 않는 건가? 어이해 쿠로다 중위한테만."

약간 삐친 기색이 하인리케의 얼굴에 나타났다.

"뭐야, 그 꼴은?"

놀리는 것처럼 웃는 아드리아나.

"평소에 그렇게 큰소리를 치더니, 한심하네."

"이, 이건!"

자신이 업혀 있는 상태라는 것이 생각난 하인리케는 얼굴이 빨개졌고, 쿠니카의 등에서 발버둥 쳤다.

"쿠로다 중위가 과보호하는 것이다! 이 몸은 날 수 있는데 놓질 않아 이쪽도 곤란해 하던 참이다! 자, 놓지 못할까, 쿠로다 중위!"

"날 수 있기는 뭐가요! 대위 스트라이커 유닛, 완전히——"

쿠니카는 뒤로 돌아서, 하인리케의 코끝에 집게손가락을 내밀어서 주의를 주려고 했다.

그런데.

"아."

"어라라."

뒤로 돌아서, 코에 손가락을 대는 데까지는 성공했다.

그리고 그것은 쿠니카가 하인리케한테서 손을 놨다는 뜻이다.

당연히.

중력을 거스르지 못하고, 하인리케의 몸은 거꾸로 낙하했다.

"쿠로다 중위, 두고보자아아아아아아아아!"

다행히도 아래에 호수가 있었다.

호수 수면에 깨끗한 물기둥이 솟아올랐다.

"대위가 헤엄 칠 줄 알면 좋겠는데."

어깨를 으쓱한 이자벨이 쿠니카를 보면서 말했다.

그날 오후.

"방금 연락이 들어왔어요."

쿠니카와 하인리케 대신 보고서를 작성한 아드리아나에게 로잘리가 근심어린 얼굴로 말했다.

"나흘 쯤 전에 같은 타입의 대 나이트 위치형 네우로이가 오라샤에도 나타났다는 것 같아요."

"이런, 나흘 전이라니."

아드리아나는 어깨를 으쓱했다.

"신설 부대라서 정보 공유도 뒤로 미뤘다고 생각하는 건 너무하려나요?"

로잘리는 보고서를 캐비닛에 집어넣고 깍지 낀 두 손 위에 턱을 올렸다.

"오라샤 쪽은 마침 거기에 있던 사냐 V 리트뱌크 중위와 에이라

일마타르 유틸라이넨 중위가 활약해서 무사히 해결했다는 것 같아요."

"리트뱌크 중위와 유틸라이넨 중위. 두 사람의 연계는 이젠 전설 수준이니까."

아드리아나가 말했다.

"우리 두 사람도 잘 했다고 봐요."

로잘리에게 있어 이번 일의 가장 큰 수확은 역시 하인리케와 쿠니카의 상성이 좋다는 점을 확인한 것이다.

"쿠로다 중위는 푹 자고 있습니다. 그 외 1명은 의무실에서 고래고래 소리를 지르고 있는데, 목숨엔 지장이 없고요."

비트겐슈타인 대위의 명예로운 부상은 전치 1주. 네우로이한테 입은 상처보다 호수에 낙하하면서 입은 대미지가 더 큰 것 같다는 의사의 보고가 조금 전에 들어왔다.

아드리아나는 웃음이 터지려는 것을 참고, 간신히 진지한 표정을 지었다.

"그런가 보네요."

로잘리도 웃음이 나올 것 같았다.

"너도 좀 쉬지 그래?"

"예. 하지만 그 전에——"

아드리아나는 장난기가 잔뜩 섞인 윙크를 했다.

"저도 좀 줄래요? 대장이 구웠다는 갈레트."

대장으로 임명된 당시에는 정말 암중모색 상태였어요.
하지만 마지막 한 사람, 쿠로다 중위가 와서
멤버 모두의 얼굴을 본 그 때,
불안이 성공에 대한 확신으로 바뀌었죠.

로잘리 엠리코트 드 그륀
(모의전 하루 전,『데일리 텔레그래프』와의 전화 인터뷰에서)

즐거운 모의전

"어, 어째서~?"

하인리케가 간이 휴게실에 들어왔을 때, 쿠니카는 카드를 든 손을 부들부들 떨면서 깜짝 놀라고 있었다.

"말도 안 돼! 풀 하우스가 지다니!"

2 페어와 6 쓰리 카드. 쿠니카는 자기 손에 든 카드에 절대적인 자신감을 가지고 있었는데──

"미안해."

이자벨이 테이블에 펼쳐놓은 것은 스페이드 로열 스트레이트 플러시였다.

이자벨은 칩을 쓸어담고 카드를 섞었다.

"갬블인가?"

쿠니카와 이자벨을 번갈아 보고, 하인리케가 눈살을 찌푸렸다.

"돈은 안 걸었어요. 저녁 디저트를 걸었죠. 아으, 오늘 디저트가 이튼 매스가 아니기를~"

그렇게 말한 사람은 상당히 많이 진 것 같은 쿠니카. 참고로 이튼 매스란 머랭과 딸기, 생크림으로 만든 디저트로, 브리타니아의 이튼 스쿨에서 먹기 시작했다고 한다. 쿠니카도 스당에 온 뒤로 좋아하게 되었다. 이 기지에는 브리타니아의 이튼 스쿨 기숙사 주방에서 일한 적이 있는 취사병이 있다.

"쿠로다. 나, 벌써 반년 치는 이겼거든. 이제 그만 하는 게——"

이자벨이 불쌍해하는 시선을 보냈다. 이자벨 본인도 아무리 살이 잘 찌지 않는 체질이라고는 해도, 이대로 계속 이기다가는 다이어트를 할 수밖에 없게 될 것이다.

"싫어! 진 거 다시 찾을 때까지 할 거야!"

쿠니카는 덜컥덜컥 소리가 나게 의자를 흔들었다.

"이번이 마지막이야."

이자벨은 잘 섞은 카드를 테이블 위에 미끄러트려서 나눴다. 이자벨도 하인리케나 아드리아나와 비교하면 카드 게임을 그렇게 잘 하는 편은 아니지만, 이런 손재주는 좋다.

"……이 녀석, 도박하다 파멸할 타입이군."

탄식하는 하인리케.

그 때.

스피커에서 사이렌이 울렸다.

"네우로이가 납셨나."

소파에서 잡지를 읽고 있던 아드리아나가 재킷을 걸쳤다.

"으……."

미련을 못 버린 표정으로 카드를 내려놓는 쿠니카. 슬쩍 본 패는 검은색 8과 A의 투 페어. 서부의 유명한 건 맨 와일드 빌 히콕이 맥콜이라는 비겁한 자가 뒤에서 쏜 총을 맞고 죽었을 때 손에 쥐고 있었다고 하는, 일명 '데드맨즈 핸드'라는 패다.

"돌아와서 계속 하자, 아이작."

"다음이 진짜로 마지막이다."

확실하게 못을 박은 이자벨의 손에는 J 포카드. 쿠니카는 끝까지 운이 없다.

"공주님은 어쩔 거야? 더 쉬어도——"

아드리아나가 문손잡이를 돌리려다가 하인리케 쪽을 보고 말했다.

"말도 안 되는 일이다."

고개를 끄덕인 하인리케의 금발이 살랑, 하고 흔들렸다.

브리핑 룸으로 들어온 로잘리는 쿠니카와 위치들에게 지금까지 들어온 정보를 설명했다. 적 네우로이는 하나. 중형이고, 북동쪽에서 시속 약 800 킬로미터 속도로, 곧장 파리로 향하고 있다는 것 같다.

"한마디로 그저께랑 같은 패턴이예요."

로잘리가 일동을 둘러봤다.

사실은 최근 일주일 동안에 네 번이나 똑같은 일이 506JFW, 그것도 A부대 담당 구역에서 일어났다.

"너무 변화가 없다고 해야 하나……. 있어도 곤란하지만."

이자벨이 어깨를 으쓱했다.

"이대로 진행하면 조우 포인트는 딱 B부대 담당 구역과의 경계가 되겠네요."

"맞아요, 그러니까——"

협력해서 격퇴해 주세요. 로잘리는 그렇게 말하려고 했는데——

"먼저 해치우는 쪽이 승자다!"

하인리케가 제일 먼저 브리핑 룸에서 뛰쳐나갔다.

"갔다 와서 포커 계속 해야지~!"

그 뒤를 따라가는 쿠니카.

"디저트는 이제 충분한데."

세 번째는 이자벨.

"저기요?"

아드리아나 쪽은 로잘리 쪽을 쳐다봤지만, 고개를 숙인 로잘리가 빨리 가라는 듯이 손을 살랑살랑 흔들고 있어서, 어깨를 한 번 으쓱하고는 브리핑 룸을 뒤로했다.

"정비는?"

야간 초계에서 돌아온 지 아직 몇 시간밖에 안 된 하인리케가 바쁘게 움직이는 정비원들에게 물었다.

"문제없습니다!"

자기 직업에 긍지를 가진 정비반장이 자신만만한 얼굴로 고개를 끄덕였다.

엔진이 식기 전에 모든 체크를 마치는 것이 이 투박한 기술자의 신념이다.

"물을 필요도 없었나."

행거의 스트라이커 유닛에 올라탄 하인리케는, 초계 임무의 피로 따위는 전혀 없다는 듯이 하늘로 날아 올라갔다.

"쿠로다, 갑니다~!"

쿠니카의 Bf109K-4도 경쾌한 엔진 소리를 울리며 활공을 시작했다.

당연히 아드리아나와 이자벨도 푸른 하늘에 하얀 궤적을 그렸다.

"……네우로이보다 B부대랑 싸우지는 않을지 걱정하다니. 내가 어떻게 됐나 봐."

창문을 통해 하늘로 날아오르는 네 사람을 지켜본 로잘리는 불안을 털어내려는 듯이 고개를 저었다. 손끝이 책상 위에 있던 파일에 닿아서 두툼한 파일이 떨어졌다. 그 안에 들어 있던 서류들이 바닥에 흩어졌다.

"저기 있다! 지금부터 전투에 들어갑니다!"

이륙해서 10여 분. 쿠니카가 적 네우로이를 눈으로 포착했다.

네우로이는 11시 방향에서 거의 남서쪽으로 이동하는 중이다.

보고서에는 중형이라고 했는데, 실제로는 일반적인 중형 네우로이보다 약간 큰 것 같다.

"포메이션은 어떻게 하죠?"

나름대로 공격력이 있다고 판단한 쿠니카가 하인리케 쪽을 보며 물었다.

"비스콘티 대위와 바간데일 소위는 우익 후방으로! 쿠로다 중위는 이 몸을 따르라!"

하인리케는 네우로이에게 접근하며 MG151/20을 겨눴다.

쿠니카는 그런 하인리케를 엄호하는 위치에서 따라갔다.

──잠깐만! 아까도 말했지만 B부대도 출격 중이야, 그러니까──

기지에 있는 로잘리가 무전을 통해서 근처에 있을 B부대와 연계하라고 전하려 했지만.

"중형 따위, 이 몸이 단번에 해치——"

하인리케가 네우로이를 조준했다.

그 순간. 네우로이의 기체에 직경 30 센티미터 가량의 구멍이 뚫리더니, 빛나는 가루가 되어 사라져 버렸다.

"——우지 못했네."

이자벨이 얼빠진 표정으로 총구를 내렸다.

"저건?"

쿠니카는 네우로이가 있던 곳 너머에 위치가 몇 명 있는 것을 확인했다.

"말도 안 돼?! 저 거리에서?!"

저격용 라이플의 유효 사거리에 거의 근접해 보였다. 아니, 그 이상의 거리에서 명중시킨 것처럼 보였다.

"지나 프레디 중령이군."

눈을 가늘게 뜨고 응시하는 아드리아나.

"호크아이라면 저 정도 거리는 일도 아니지."

이자벨도 고개를 끄덕였다.

"표적이 컸기 때문이다. 세 발짝 앞에 있는 코끼리 엉덩이를 맞힌 것이나 마찬가지지."

하인리케의 입술 사이로 엄청 억지스러운 주장이 흘러나왔다.

조금 지나자 B부대 멤버들이 쿠니카 일행과 합류했다.

"여러분~! 안녕하세요~!"

환하게 웃으며 크게 손을 흔드는 쿠니카.

"오, 쿠로다 중위!"

쿠니카를 보고 손을 흔들어 대답한 사람은 B부대에서 제일 쾌활

한 칼라 J 룩시크 중위.

"잘 지내나 보네, 다행이다."

상냥하게 미소를 지은 사람은 제니퍼 J 드 블랑 대위. 리베리온 출신이지만, 조상은 히스파니아 귀족이라서 A에 배속됐어도 문제 없을 인재였다.

하지만.

"뒤처리를 하러 몸소 와 주시다니, 정말 고맙소, 공주."

세 번째 위치는 사역마인 쿼터 호스의 귀를 쫑긋쫑긋 움직이며 하인리케를 보고 후훗, 하고 웃었다.

"오랜만이구나, 칼 대위."

하인리케도 험한 시선으로 상대를 봤다. 마리안 E 칼 대위는 쿨 뷰티 같은 느낌의 꽤나 기품있는 용모지만, 귀족 태생이 아니다. 리베리온 해병대 출신으로 밑바닥에서부터 올라온 용맹한 사람이다.

"첫 인사부터 빈정대긴가."

아드리아나가 아주 약간 인상을 썼다. 대치하는 A, B 두 부대 사이에 싸늘한 공기가 감돈 것은, 계절이나 칼라의 고유 마법인 냉각 능력 때문은 아닐 것이다.

"예? 지금 그거, 빈정댄 건가요?"

쿠니카가 깜짝 놀라서 아드리아나 쪽을 봤다.

"그게 아니면 대체 무엇이겠나?!"

큰 소리를 지른 사람은 하인리케.

"그치만요, 빈정댄다는 건 머릿속이 중세~ 라든지, 시대착오적 인 촌 동네 귀족~ 이라든지, 갑옷이라도 입고 오지 그래~ 같은 소리가 아닌가요?"

쿠니카한테 악의는 없었지만, 그 말을 들은 하인리케는 기절할 것 같은 표정을 지었다.

"그대가 이 몸에게 정신적 타격을 줘서 어쩌자는 건가?!"

"쿠니카 넌 여전히 재미있구나."

마리안의 눈도, 쿠니카를 보고는 약간 풀어졌다.

"지금 그것도 빈정댄 것 아닌가?"

하인리케.

"아니, 지금 그건 아냐. 쿠로다는 좋은 녀석이니까. 누구랑 달라서."

고개를 젓는 마리안. 아까 그게 빈정대는 말이었다고 인정한 것이나 마찬가지다.

"언제든 B로 와. 환영할게."

아무리 그래도 A부대 멤버인 쿠니카와 친하게 지내는 게 약간 꺼림직한지, 마리안은 눈을 살짝 돌리고서 쿠니카한테 말했다.

"이 놈들과는 말도 섞지 마라, 쿠로다 중위!"

하인리케는 쿠니카의 뒷덜미를 붙잡더니 B부대 멤버들과 친하게 이야기하는 쿠니카를 뒤로 끌어당겼다.

"예? 그치만……."

"잘 들어라."

하인리케가 얼굴을 불쑥 들이댔다.

"놈들은 적이라고 생각해라. 사람 얼굴을 한 네우로이다."

"이 사람도 참 극단적이야."

질렸다는 듯이 고개를 젓는 아드리아나.

"놈들은 우리를 적이라 생각한단 말이다!"

하인리케는 자신의 주장을 바꾸지 않았다.

그런데 그 때.

"그건 아니야, 대위."

천천히 이쪽으로 다가와서 차분한 목소리로 말한 사람은, 지나 프레디 중령.

아까 네우로이를 격추한 장본인이다.

"그쪽도 출격했다는 연락은 조금 전에야 받았어. 헛걸음하게 만든 건 미안하지만, 네우로이는 우리가 기다리고 있던 공역에 있었거든."

"맞~아, 맞~다고!"

까불면서 혀를 내미는 칼라.

"맞아. 우리 공역에 있었어. 최소한 우리가 출격한 시점에서는."

제니퍼도 조심스레 주장했다.

"그럼 서류도 그쪽에서 처리하는 것으로 알면 되겠지?"

사무적으로 빨리 끝내고 싶은지 아드리아나가 지나에게 물었다.

"물론이지."

지나는 그다지 감정을 드러내지 않은 얼굴로 고개를 끄덕였다. 이렇게 이야기가 정리된 것, 같았는데——

"공주님께는 감히 말씀을 올릴 수도 없으니까."

"출신이 너무 비천한 것도 문제로구나."

"출신보다 성격이 문제가 아닐까?"

"그대가 성격을 논하는 것인가."

마리안과 하인리케는 다른 사람들을 무시하고서 투닥대고 있었다.

"······저 두 사람, 항상 저래요?"

쿠니카가 작은 소리로 제니퍼에게 물었다.

"으, 응."

제니퍼는 마치 자기 탓인 것처럼 미안해하고 있었다.

"그런데 말이야."

손을 머리 뒤에서 깍지 낀 칼라가 한심하다는 듯이 말했다.

"비트겐슈타인 대위는 누구한테나 저러잖아?"

"그, 그런가?"

쿠니카는 고개를 갸웃거렸다. 다른 사람한테 엄한 만큼, 아니 그이상으로 자기 자신에게도 엄격하다는 것이 쿠니카가 생각하는 하인리케라는 인물이었다.

"이제 그만 해. 귀환한다."

지나가 하인리케와 마리안 사이에 끼어들었다.

"······흥."

마리안도 대장인 지나의 말은 얌전히 듣는 것인지, 하인리케에게 등을 돌렸다.

"자, 잠깐!"

아직 뭔가 더 할 말이 있는 것 같은 하인리케.

"여기서 싸워서 그린 대장한테 폐를 끼칠 생각은 없어. 이쯤 하면 안 될까?"

지나가 다시 한 번, 온화한 표정으로 말했다.

"으······."

로잘리의 이름이 나오니, 하인리케도 물러날 수밖에 없었다.

"밤에 뒤통수 조심하라고!"

떠나면서, 마리안이 하인리케를 향해 메~롱 하고 혀를 내밀었다.

"이 몸은 나이트 위치다. 그 쪽이야말로 조심해라!"

하인리케도 소리 질러서 받아쳤다. 이렇게 해서 하인리케가 이끄는 A부대와 지나가 이끄는 B부대는 우호적이라고 할 수 없는 상태로 각자의 기지로 돌아갔다.

"보고서입니다."

그 다음날 저녁. 지나 프레디는 스당의 A부대 기지에 있는 로잘리를 찾아왔다.

"수고했어요. 일부러 가지고 오다니 미안하네요."

지난 번 전투의 보고를 간단히 훑어보고, 로잘리는 지나에게 미소를 지었다.

"A, B 두 부대가 출격했으니, A 부대에서 사령부에 보고서를 올리는 게 좋을 것 같다고 생각했습니다."

지나가 어깨를 으쓱하고 부연설명을 했다.

"그리고, 꿍꿍이도 있습니다."

"꿍꿍이?"

"당신이 끓이는 킬리만자로는 유럽에서 최고니까요."

"어머, 농담도 참."

그런 말을 들으면 가만히 있을 수가 없다. 자리에서 일어나 서류를 캐비닛에 넣은 로잘리는 핸드밀로 원두를 갈고 골동품 시장에서 손에 넣은 사이폰을 준비해 알코올램프에 불을 붙였다.

플란넬 천으로 드립하는 쪽이 원두의 특징을 더 잘 느낄 수 있다고 생각하지만, 로잘리는 이렇게 물이 천천히 끓어오르는 모습을 지켜보는 쪽을 좋아했다.

"비트겐슈타인 대위는 이런 립 서비스를 안 하죠?"

지나는 전장에서는 보여주지 않는 우아한 미소를 지었다.

"립 서비스라고 말한 시점에서 다 망쳤네요."

로잘리는 장난스럽게 말하며, 집게손가락을 세워서 좌우로 흔들었다.

"……쿠로다 중위는 잘 적응했습니까?"

사이폰에서 부글부글하는 작은 소리가 나기 시작했을 때, 지나가 물었다.

"지금은, 비트겐슈타인 대위의 페이스를 좋은 의미로 흔들어 놓고 있어요."

"좋은 의미로?"

로잘리의 말은 지금의 하인리케와 쿠니카의 관계를 아주 잘 설명한 것이었지만, 쿠니카와 접할 기회가 적었던 지나는 쉽게 이해하지 못한 것 같다.

"그런데 말이죠, 그 아이가 적응하지 못하고 고민하고 있었으면 그쪽에서 데려갈 생각이었던 것 아닌가요?"

로잘리는 웨지우드 컵을 놓으면서 살짝 웃었다.

"그 아이가 A부대 기지로 착각하고 저희 쪽에 왔을 때, 그럭저럭 인기가 있었으니까요."

지나가 관찰한 바에 의하면, 특히 칼라와 잘 맞았던 것 같다.

"안심해도 돼요. 쿠로다 중위는 잘 지내고 있으니까."

로잘리는 알코올램프의 불을 살며시 껐다. 커피가 조용히, 아래쪽 포트로 내려왔다.

"저는 말이죠, 아드리아나 양과 하인리케 양 사이의 완충 작용을 해 주기를 바랐었는데, 그 이상이거든요."

"두 사람은 여전합니까?"

지나가 물었다. 닮은 성격인 하인리케와 아드리아나 사이의 반목은 발족 당시부터 상층부가 문제시하던 점이었다. 로잘리는 이 질문에 직접 대답하지 않고, 창가에 서서 하늘을 올려다봤다.

"이 부대를 꾸려 가는 일은 생각했던 것보다 힘들어요. 클로스테르망 중위가 이 임무를 사퇴한 건 정답이었어요."

노블 위치스 계획이 시작됐을 때, 처음 대장으로 지목된 사람은 페리느였다. 하지만, 갈리아 부흥에 전념하고 싶다는 이유로 페리느는 거부했고, 결국 부상당해서 요양하던 로잘리한테 이 역할이 돌아오게 됐다.

"······은퇴, 해 버릴까?"

로잘리는 사이폰 앞으로 돌아와서, 커피를 잔에 따랐다.

"또 마음에도 없는 말. 약한 소리는 어울리지 않습니다."

"다른 애들 앞에서는 이런 말 안 해요."

로잘리는 지나 앞에 잔을 내려놨다.

"귀족 위치들만 모은 부대. 이 발상 자체에 무리가 있었습니다. 갈리아에 귀족 위치는 거의 남아 있지 않았으니까."

지나는 먼저 향을 즐기고 나서 컵을 입으로 가져갔다.

"갈리아 정부로서는 전후에 대두하게 될 공화파를 억제하기 위해서라도 화려한 귀족 부대의 활약을 보여주고 싶었겠지요."

"상층부가 그런 소리를 했습니까?"

지나는 살짝 얼굴을 찌푸렸다.

"그럴 리가요."

로잘리는 어깨를 으쓱하고, 테이블 위에 있던 신문을 보여줬다.

"신문 기사가 나왔어요. 오늘 아침 「르 몽드」지에. 정치면 구석에 작게, '정치적 타협의 산물 506JFW, 벌써부터 암초에' 라고요."

"사령부의 공식 정보보다 신문에서 먼저 알게 되는 일이 많은 것도 문제군요."

한숨을 쉰 지나는, 주위를 슬쩍 둘러보고 작은 소리로 말했다.

"한 가지, 제안할 게 있습니다만."

"……뭐든 받아들일게요."

로잘리가 몸을 앞으로 내밀었다.

"합동 모의전?"

"흐에, B부대랑?"

그날 밤. 저녁 식사 자리에서 그 이야기가 나왔을 때, 하인리케도 쿠니카도 한 방 먹은 표정을 지었다.

"그래요."

로잘리는 웃는 얼굴로 말했다.

"A, B 두 부대의 친목을 다지기 위해서라도 정기적으로 합동 훈련을 하는 게 좋다고 생각해요."

"그쪽이 잘도 받아들였네요."

내키지 않는 얼굴의 아드리아나가 떠보려는 것처럼 물었다.

"사실은 지나 대장의 제안이에요."

로잘리가 자수했다.

"……함정인가."

하인리케가 입가에 손을 대고 눈살을 찌푸렸다.

"정말이지, 너무 의심하지 말아요."

로잘리가 평소에는 온화한 얼굴을 불만스런 기색으로 찌푸리자, 디저트로 나온 파블로바를 두 개나 자기 앞에 놔두고 있던 이자벨이 손을 들었다.

"예, 이자벨 양."

로잘리는 선생님처럼 이자벨을 가리키며 말했다.

"공포탄에 실탄을 섞는 비율은 100발 중에 한 발인가요? 아니면 10발 중에 하나?"

"안 섞습니다!"

농담이라는 걸 알면서도, 근본적으로 고지식한 로잘리는 자기도 모르게 큰 소리를 내고 말았다.

"그럼, 우리만 실탄을——"

"이~자~벨~야~앙~"

로잘리가 노려봤지만, 얼굴이 너무 귀엽다보니 박력이 전혀 없었다.

"아무튼! 상대를 기죽게 하는 건 좋지만, 다치게 하면 안 돼요!"

"으으, 알겠습니다."

원래 자기 것이었던 디저트가 이자벨의 입으로 들어가는 모습을 눈물까지 글썽이며 지켜보던 쿠니카가 건성으로 대답했다.

같은 시각. 디종의 B부대 멤버들은 식사를 마치고 휴게실에 모여 있었다.

"일정은 지금부터 잡을 텐데, 일단 하기로 했으면 이길 테니까, 그렇게 아세요."

지나가 중심이 돼서, 벌써부터 작전회의를 하고 있었다.

"그륀 소령이 심판을 맡으니 A부대는 지휘계통이 없다. 우리는 그 부분을 노린다."

지나는 칠판을 가지고 와서 포메이션을 지시했다. 아쉽게도 그림 그리는 재능은 없는 것 같지만.

"대장, 부탁할 게 있어."

마리안이 손을 들었다.

"칼 대위."

지나도 선생님처럼 마리안을 가리켰다.

"비트겐슈타인 대위는 제가 상대하겠습니다."

"기각."

지나가 쌀쌀맞게 말했다.

"뭐어어어어어?!"

얼이 빠진 마리안.

"내가 미끼 역할. 나머지 셋은 항상 복수로 적을 상대해서 하나씩 처리하는 전술로——"

지나는 자신이 칠판에 그려 놓은 포메이션을 보면서 생각했다.

"——불확정 요소는 쿠로다 중위겠지. 실력이 미지수니까. 이 작전을 플랜A로 삼고, 다른 플랜도 짜야 할지도 모르겠어."

"맞아요."

제니퍼가 동의했다.

"하지만, 친목을 위한 모의전이니까——"

"정정당당하게 해치울 수 있어!"

투지가 넘치는 칼라가 주먹으로 자기 손바닥을 짝, 소리가 나게 때렸다.

"아니, 그게 아니라⋯⋯."

제니퍼의 작은 입술 사이로 체념의 한숨이 흘러나왔다.

그리고 어찌저찌해서 합동 모의전 당일.

제506 통합전투항공단의 모든 멤버들은 트루아 교외에 있는 포레 도리엉(Forêt d'Orient)의 오종 탕플 호숫가(le Lac Auzon-temple)에 집결해 있었다. 트루아는 디종, 스당, 그리고 파리에서 거의 같은 거리에 있는 고도(古都)라서, 합동 훈련에 안성맞춤인 장소다.

모인 사람들은 부대 멤버들만이 아니다. 옵서버로서 벨기카의 생트롱 기지에서 게르트루트 바르크호른 대위와 에리카 하르트만 중위도 와 있다. 카를스란트 사람에게 501JFW의 이 두 사람은 희망의 별. 카를스란트계 잡지 관계자들이 많이 와 있는 것은 아마도 그래서다.

"슈나우퍼 소령은 오지 않았는가?"

하이데마리가 보이지 않아서 하인리케가 바르크호른에게 물었다.

"집 보고 있어~"

바르크호른의 옆구리에서 하르트만이 고개를 빼꼼 내밀며 웃었다.

"아무래도 말이야, 기지에 미나 혼자 있으면 좀 그렇잖아?"

"한 번 더 지난번 일에 대해 고맙다는 인사를 하고 싶었다만."

하인리케는 약간 아쉬운 것 같다.

"그렇게 전하지."

바르크호른은 하르트만의 머리를 누르면서 고개를 끄덕였다.

이 옵서버 두 사람에다━━

신문, 잡지, 라디오에 영화. 많은 미디어들도 이곳에 속속 모여들고 있었다.

정비반이 급하게 설치한 무대 위에 서 있는 멤버들을 향해 카메라 렌즈들이 잔뜩 초점을 맞추고 있었다.

"어째서 매스컴이 이렇게 잔뜩이지?"

지나는 카메라맨과 기자들을 보면서 살짝 인상을 썼다.

"저기, 그게 말이죠."

고개를 숙인 로잘리가 쿠니카를 가리켰다.

"저기, 소문 낸 사람."

"어, 말하면 안 되는 건가요?"

며칠 전 일인데, 『뉴욕 타임스』의 담당 기자가 케이크를 들고 통상적인 취재를 하러 왔을 때, 다른 이야기를 하던 쿠니카가 말하는 김에 이번 모의전에 대해서도 알려 버렸다.

뭐, 케이크로 매수했다고 해야 할까.

"안 된다는 말은 안 했었죠."

인정하는 로잘리.

분명히. 사전에 매스컴에는 비밀이라고 못을 박아 두지는 않았다. 어디까지나 부대 내부의 통상적인 훈련이라고 생각했기 때문에, 설마 이렇게까지 화제가 될 거라고는 생각하지 않았다.

하지만 꼭 쿠니카의 실수 때문만이 아니라, 일단 상층부에 허가를 받은 시점에서 일이 커지기 시작했던 것 같다. 군 홍보 담당관이 일부러 찾아와서 웃는 얼굴로 매스컴 관계자들을 상대하고 있는 것이 그 증거다.

"굳이 말하지 않아도 알 거라고 생각했거든요."

로잘리는 눈물이 맺힌 눈으로 지나를 보며 호소했다.

"좋은 쪽으로 생각하죠."

지나는 로잘리의 어깨에 손을 얹었다.

"이번 일로 정보 관리의 문제점이 확실히 드러났다고."

"문제점?"

고개를 갸웃거리는 쿠니카.

"네놈 얘기다."

하인리케가 한숨을 쉬었다.

"그래서, 어쩌죠? 쫓아 버릴까요?"

지나가 물었다.

"이제 와서?"

로잘리가 고개를 도리도리 저었다.

"잘못 대응하면 나중에 무슨 기사가 나올지 모르잖아요."

로잘리의 머릿속에서 『뉴욕 타임스』의 표제 기사, '베일에 휩싸인 506JFW, 기자를 쫓아내는 비밀주의!'라는 문자가 날아다녔다.

"……그렇겠죠."

지나는 잠깐 생각하고, 로잘리를 안심시키기 위해서 고개를 끄덕였다.

"별 문제 없겠죠. 매스컴에 잘 먹히는 녀석들도 있으니까."

이미 칼라가 카메라 앞에서 V 사인을 보여주면서 플래시 세례를 받고 있었다.

"그리고 또 하나, 저도 대장께 고백해야 할 일이 있습니다."

지나는 매스컴 관계자들한테 들리지 않게 작은 소리로 말했다.

"어젯밤, 갈리아 정부 고관으로부터 조용히 타진이 들어왔습니다."

"그쪽에, 직접?"

로잘리도 자신을 찍고 있는 카메라를 향해 미소를 지어 보이며 지나에게 물었다.

"예."

"내용을 물어봐도 될까요?"

"노블 위치스는 본래 설립 목적부터가 귀족의 우수성, 나아가서는 필요성을 시사하기 위한 존재. 대부분 평민인 B부대가 승리하면 곤란하다고."

"일부러 져 달라는 얘기인가요?"

"예."

"그래서?"

"대장께는 죄송하지만, 저희 대원들은 그런 짓을 할 수 있을 정도로 재주가 좋은 녀석들이 아니라고 대답했습니다."

"고마워요, 중령."

로잘리의 웃는 얼굴이 매스컴용 표정이 아닌 진심에서 우러나온 웃음으로 바뀌었다.

"그럼, 룰을 설명하겠습니다."

각 매스컴이 지면을 장식할 사진들의 촬영을 마쳤을 때, 로잘리는 정비반에게 팸플릿을 나눠주게 하고서 설명을 시작했다. 팸플릿은 정비반장이 잠 잘 시간도 아껴 가며 열심히 작성한, 총 48페이지의 풀 컬러 인쇄물이었다.

"참가하는 대원의 프로필, 그리고 이번에 사용하는 화기의 스펙 등에 대한 자세한 정보는 홍보부에 문의해 주세요."

미소 짓는 로잘리. 사실 매스컴 대응을 그리 잘 하는 건 아니지만, 그래도 대장으로 취임한 뒤로 몇 번인가 겪으면서 나름대로 모양이 나오게 됐다.

"이번 모의전투에서는 대원들의 안전을 고려해서 페인트탄을 사용합니다."

로잘리는 MG42에 사용하는 전형적인 페인트탄을 들어서 매스컴 관계자들에게 공개했다. 물론 지나와 하인리케의 총기에는 각각 전용 탄약이 준비됐다.

"몸에 피탄했을 경우에는 격추로 간주하고 즉각 전투에서 이탈. 스트라이커 유닛에 피탄되면 한쪽일 경우에는 그쪽을 정지시키고 전투 속행, 양쪽이면 격추로 취급합니다. 바르크호른 대위?"

여기서 로잘리가 바르크호른 쪽을 봤다. 옵서버로서 견학만 하는 건 미안하다고 생각했는지, 원래 사람이 좋은 바르크호른이 로잘리의 보조를 하겠다고 나섰다.

"이 게시판을 보도록."

바르크호른이 헛기침을 해서 기자들의 주의를 끌었다.

게시판에는 A, B 부대로 구분해서 전투에 참가하는 대원들의 이름이 적혀 있었다.

다시 한 번 확인해 보면——

A부대
하인리케 프린체신 추 자인 비트겐슈타인 대위
아드리아나 비스콘티 대위
쿠로다 쿠니카 중위
이자벨 뒤 몽소 드 바간데일

B부대
지나 프레디 중령
마리안 E 칼 대위
제니퍼 J 드 블랑 대위
칼라 J 룩시크 중위

총 8명이다.

"격추된 위치에게는 × 표시를 한다. A부대, B부대 각 대원은 수시로 게시판을 확인하고, 자기 이름에 × 표시가 있으면 즉시 지상으로 내려오도록."

바르크호른은 게시판을 카리키며 쿠니카를 비롯한 위치들을 봤다.

크고 가로로 긴 게시판은 B부대, 그 중에서도 주로 리베리온 출신 정비병들이 레크리에이션으로 즐기고 있는 야구 시합에서 사용하는 게시판을 유용한 것이다. 전광판 방식인데다 메이저 리그에서 사용하는 것보다 훨씬 화려한, B부대 정비반이 자랑하는 물건이다.

팸플릿 작성에 힘을 쏟은 A.

게시판으로 맞서는 B.

이번 모의전에는 각 정비반들도 대항 의식을 가졌고, 이미 불꽃 튀는 싸움이 시작돼 있었다.

"거듭 말씀드립니다만, 이 모의전은 A, B 두 부대의 친목을 다지기 위한 것이니까, 상대를 쓰러트리는 것보다 서로의 능력을 이해하는 데에——"

그렇게 설명하는 로잘리의 뒤에서는.

"우리가 이기면 내일부터는 그쪽이 B부대야!"

칼라가 A부대 멤버들에게 선언하고 있었다.

"무슨 소리를 하나 했더니, 콜라에 들어간 당분이 뇌에 안 좋은 영향이라도 줬나?"

아드리아나가 한심하다는 듯이 고개를 저었다. 칼라가 콜라를 좋아하는 것을 알고서 한 말이다.

"그쪽이야말로 치즈와 올리브 오일 때문에 뒤룩뒤룩 살찌지 않게 조심해라."

마리안이 도발했다.

"올리브 오일은 몸에 좋거든!"

조국의 맛을 무시하자, 아드리아나가 보기 드물게 큰 소리를 냈다.

"그럼 우리가 이기면, 그쪽은 하나 더 내려가서 C부대라고 하면 되겠네?"

별 관심 없다는 표정이었던 이자벨까지 상대를 자극하는 말을 던지면서 쿠니카 쪽을 봤다.

"쿠로다는? 이기면 어떻게 하고 싶어?"

"음~"

팔짱을 끼고 잠깐 생각한 쿠니카는, 칼라를 보고 활짝 웃으면서 말했다.

"그럼, 콜라! 콜라를, 그러니까, 10 상자!"

"그딴 것으로 기뻐할 자는 그대밖에 없지 않은가?!"

자기도 모르게 팔꿈치로 찌르는 하인리케.

"어쨌거나 이 하극상, 확실하게 맞서 주겠다."

"예이, 커스터 장군님."

이자벨이 말했다. 커스터 장군은 리베리온 개척 시대에 원주민을 공격했다가 오히려 전멸당한 제7 기병대의 대장이다. 이자벨의 특기인 블랙 유머도 평소보다 더 강했다.

"딱히 누가 A건 B건, 별로 크게 상관──"

제니퍼가 당황하면서도 어떻게든 수습해 보려고 했지만.

"A부대의 A는 에이스의 A. 이 이름, 쉽사리 양보할 수는 없다."

하인리케가 냉소를 지으며 콧방귀를 뀌었다.

"웬일로 마음이 맞는데."

아드리아나도 고개를 끄덕였다.

"사, 상관이 있는 건가요?"

어깨가 축 늘어지는 제니퍼.

모의전이 시작하기 전부터 친목적인 분위기라고는 찾아볼 수도 없다. 로잘리 옆에 서 있는 제니퍼는 못 들은 척하고 있지만, 마이크 성능이 너무 좋아서 뒤쪽에서 하는 이야기들이 매스컴 관계자들한테까지 다 들리고 말았다.

결국 로잘리의 얼굴이 새빨개졌다.

"……더 창피 당하기 전에."

지나가 속삭였다.

"그럼, 전투 준비!"

사실은 아직 설명이나 인사가 좀 더 남아 있었지만, 로잘리는 그것들을 전부 생략하고서 선언해 버렸다.

A, B 양쪽의 대원들이 각자의 행거를 향해 달려갔고, 스트라이커 유닛에 뛰어올라서는 하늘을 향해 날아올랐다.

"진정한 귀족의 싸움을 보여주겠다!"

진정한, 부분을 천천히 굴려 가며 발음한 하인리케는 팔을 휘둘러서 쿠니카와 다른 멤버들에게 전개하라고 지시했다.

"우와, 짜증나~!"

칼라는 지휘를 맡은 지나의 우익에 자리 잡으며, 공중에서 재주도 좋게 발을 동동 굴렀다.

"여러분~ 어차피 모의전이니까, 화기애애하게——꺄악!"

제니퍼가 말하는 도중에, 하인리케가 하늘을 향해 발포했다.

"서론은 끝났다. 놀아 줄 테니까 덤벼 봐라."

이것이 모의전 개시의 신호가 됐다.

——하인리케 양! 신호는 제가 하기로——

지상에 있는 로잘리가 인컴을 통해서 호소했지만, 이미 늦었다. 망원 렌즈를 장착한 보도진들의 카메라가 하늘로 향했고, 소나기 같은 소리를 내면서 셔터를 눌러 댔다.

"저기…… 모의전이라는 게 원래 이렇게 시작하는 건가?"

하르트만이 고개를 갸웃거리며 바르크호른을 쳐다봤다.

"엉망진창이군."

바르크호르는 손으로 이마를 짚었다.

"쿠로다 중위는 이 몸과 함께 프레디를 협격한다. 비스콘티 대위
는——"

지휘를 맡은 하인리케가 잠깐 아드리아나를 봤다.

"이자벨과 둘이서 나머지 위치들을 견제, 그러면 되나?"

아드리아나가 대답했다.

"음."

고개를 끄덕인 하인리케는 일단 상승했다가, V자 대형을 짠 B부
대의 가장 안쪽에 있는 지나를 향해 세 시 방향에서 달려들어갔다.

이자벨은 마리안 하나만 노리고, 아드리아나는 칼라와 제니퍼의
발을 묶기 위해 나섰다.

"그렇다면——"

하인리케의 움직임을 본 쿠니카가 9시 방향으로 파고들려고 했
지만.

"예상대로군."

두 사람의 움직임을 본 지나가 하강하기 시작했다.

그리고——

"빈틈이다, 쿠로다 중위!"

쿠니카의 오른쪽에서 이자벨의 견제를 빠져나온 마리안이 페인
트탄을 난사했다.

"아, 지난번엔 고마웠어요."

쿠니카가 몸을 틀어서 화망을 피하며 마리안에게 인사했다.

"긴박감이 없어도 너무 없잖아!"

미리안은 잠시 기운이 빠지고 웃음이 나올 뻔했지만, 공격의 기세는 늦추지 않았다. 이렇게 해서 지나에게는 하인리케, 미리안에게는 쿠니카와 이자벨이 붙었고, 제니퍼와 칼라는 아드리아나가 혼자서 상대하게 됐다.

"기껏 대장이 미끼가 돼 줬는데! 걸려든 건 공주님뿐이잖아!"

아드리아나의 페인트탄을 피한 칼라가 볼이 퉁퉁 부어서 말했다.

"미리안이 너무 빨리 움직였어요."

칼라를 원호하는 제니퍼가 냉정하게 분석했다.

"다음 수는?! 저기, 다음 수는!"

페인트탄이 얼굴 바로 옆을 스치고 지나간 칼라는, 필사적으로 아드리아나를 뿌리치려고 했다.

"아직입니다. 대장이 움직일 때까지 기다려요."

제니퍼는 시야 왼쪽 끝에 있는 지나의 모습을 보며 계속 방아쇠를 당겼다.

한편.

지나는 공격을 자제하면서 하인리케가 쫓아오려고 하면 내려가고, 멈추면 같이 멈추는 움직임을 반복해서 다른 대원들로부터 멀리 떨어지고 있었다.

"정정당당히 승부하지 못할까!"

짜증이 난 하인리케가 소리를 질렀다.

"너무 실망시키지 않았으면 좋겠는데……."

하인리케가 마구 쏴 댄 탄을 여유 있게 피하며, 지나가 눈살을 찌푸렸다.

"실망?"

하인리케도 지나를 따라서 눈살을 찌푸렸다.

그리고 그 다음 순간.

지나는 한 번, AN/M2의 방아쇠를 당겼다. 발사된 페인트탄은 하인리케의 오른쪽 어깨 바로 옆을 지나 후방으로 날아갔다.

"소문으로 듣던 만큼의 실력은 아니군."

코웃음 치는 하인리케.

"……내가 노린 건 그쪽이 아니야, 프린체신."

지나가 조용히 말했다. 페인트탄은 저 멀리 후방, 이자벨의 등에 명중했다.

"?!"

뒤를 돌아본 하인리케의 눈이 휘둥그레졌다. 격추당한 이자벨도 믿을 수 없다는 얼굴이다.

"호크아이…… 이 거리에서."

다시 지나 쪽으로 고개를 돌리고 매섭게 노려보는 하인리케.

뛰어난 원거리 시야와 동체시력. 이것이 지나의 고유 마법, 호크아이다.

하인리케는 방향을 바꿔서 동료를 엄호하기 위해 물러났다.

"……속아 넘어간 시점에서 전투대장 실격, 이라고 하고 싶지만."

그 뒷모습을 보며, 지나의 입가에 미소가 드리웠다.

──바간데일 소위. 피탄이다, 내려와.

쌍안경으로 확인한 바르크호른이 말한 것과 동시에, 게시판에 있는 이자벨의 이름 칸에 × 표시가 붙었다.

"으아~ 나~ 맞~았~어~"

이자벨은 소리 치면서 작은 오른쪽 가슴을 누르고——실제로 페인트탄을 맞은 곳은 등이지만, 가슴을 맞았다고 연출하기로 한 것 같다——빙글빙글 선회하며 급강하했다.

——……바간데일 소위, 쓸데없는 연출은 필요 없어요.

인컴을 통해 로잘리의 목소리가 들려왔다.

"으~"

이자벨은 재미없다는 듯이 선회를 멈추고는 착륙 태세에 들어갔다. 로잘리와 바르크호른이 서 있는 게시판 옆으로 내려오자, 기자와 카메라맨이 이자벨을 둘러쌌다.

"그럼 여기서 아쉽게도 첫 번째 탈락자가 된 바간데일 소위의 이야기를 들어보겠습니다. B부대와 싸워 보니 어떠셨습니까?"

마이크를 내민 것은 BBC 라디오 뉴스의 인터뷰어였다.

"그게 말이죠."

이자벨은 손가락으로 마이크를 가리키며, 대답해도 되냐고 묻는 눈으로 로잘리 쪽을 쳐다봤다.

로잘리는 너무 심한 조크는 참아 달라는 마음을 담아, 천천히 고개를 끄덕였다.

"B부대는 생각보다 우수했습니다. 정말 든든한 동료라고 생각합니다."

이자벨은 마이크를 향해, 일단 모범적인 대답을 했다.

"소위가 위치라는 것을 숨기기 위해, 부모님이 남자로 키웠다고 들었습니다만?"

이어서 『뉴욕 타임스』 기자가 물었다.

"맞아. 그러니까 아이작이라고 불러도 돼."

"당신의 중성적인 매력 덕분에 같은 또래 소녀들의 압도적인 지지를 받고 있다는 사실은 알고 계십니까?"

"진짜?"

이자벨은 살짝 놀란 표정이 됐다.

"예. 이 잡지에도 특집이."

기자 한 사람이 『보그』를 내밀었다.

"헤에~"

이자벨이 그 잡지를 펼치자, 카메라 셔터 소리가 요란하게 울렸다.

"………정말 여자가 맞으시죠?"

인터뷰어가 이자벨을 보면서 물었다.

"벗으면 알겠지?"

이자벨은 잡지를 읽으면서 아주 자연스럽게 제복 단추에 손을 댔고, 그리고는 풀기 시작했다.

"이자벨 양!"

로잘리가 당황해서 말리려고 했다.

"아, 그런데 라디오면 안 보이겠네?"

이자벨이 손을 멈췄다.

"정말이지……."

기자들 사이로 비집고 들어가려던 로잘리가, 그제야 항상 하던 조크라는 것을 알아차리고 한숨을 쉬었다.

하지만, 여기서 대형 카메라를 어깨에 멘 카메라맨이 손을 들었다.

"저희는 뉴스영화입니다만?"

"그럼."

이자벨은 그쪽으로 몸을 돌리고, 다시 단추에 손을 댔다.

"이~자~벨~양~~~!"

진심으로 말리려고 드는 로잘리.

"간다, 쿠로다 중위!"

이자벨이 탈락해 쿠니카와 1대 1이 된 마리안이 공세에 나섰다.

"지금부터는 봐주지 않겠어!"

마리안의 스트라이커 유닛이 단숨에 속도를 올렸다.

"으아아!"

당황해서 몸을 젖히는 쿠니카.

"대단한데! 다시 봤어!"

아슬아슬한 거리에서 자신의 페인트탄을 간파한 쿠니카를 보고, 마리안은 혀를 내둘렀다.

"칭찬해 주는 건 고맙지만!"

그렇게 대답하는 쿠니카의 몸 옆으로 또다시 페인트탄이 스쳐 지나갔다.

"이거, 간식 시간은 주려나?"

"알 게 뭐야?! 아니, 보통 그런 건 없잖아!"

쿠니카의 말에 넘어가서, 귀족을 싫어하는 마리안이 자기도 모르게 대답하고 말았다.

지상에서 그 모습을 보고 쿠니카를 손가락으로 가리키며 배를

잡고 웃는 하르트만.

"아하하하하! 쟤 너무 웃긴다!"

"꼭 누굴 보는 것 같군."

질렸다는 얼굴로 옆에 있는 하르트만을 쳐다보는 바르크호른.

"응? 누구? 미야후지?"

그렇게 물은 하르트만은, 당연히 자각이라고는 하나도 없다.

"……이 녀석, 안 되겠다."

이제 와서 모르는 사람인 척할 수도 없는 바르크호른은 착탄 관찰에만 전념하기로 했다.

"장난은 여기까지야!"

마침내, 마리안은 쿠니카의 등을 잡는 데 성공했다.

"빨라! 뒤를 잡혔──"

쿠니카가 깜짝 놀란 그 순간.

"그렇겐 안 된다!"

하인리케가 마리안의 위쪽 네 시 방향에서 빠르게 접근해서 견제하기 위해 페인트탄을 난사했다.

"늦지 않은 것 같군!"

하인리케는 쿠니카와 마리안 사이에 끼어들었다.

"방심하지 마라. 저 녀석은 입이 험하고 빠르고 입이 험하고 입도 험하다. 놀아나지 마라."

입이 험하다는 말을 세 번이나 했다.

"으, 응. 고마워."

"입이 험하다는 건 뭐냐!"

일단 떨어진 마리안이 다시 거리를 좁혔다.

"2대 1로 싸우겠다는 것인가. 흥분했군."

하인리케는 반시계방향으로 돌아서 마리안의 뒤를 잡으려 했지만——

"안 돼요. 진정해요."

이번에는 제니퍼가 아드리아나를 칼라에게 맡기고 이쪽으로 구원하러 왔다.

마리안은 바로 마음을 가라앉히고 포메이션을 짰다.

"흠. 연계라는 점에서는 저쪽이 한 수 위인가."

그 모습을 보고 솔직하게 감탄하는 하인리케.

이것으로 2대 2, 동수가 됐다. 제니퍼와 마리안. 하인리케와 쿠니카.

네 사람은 한 박자 쉬었다가 지근거리에서 난투를 벌였다. 양쪽 모두 총구를 보고 화선을 피하는 기술이 몸에 익어 있어서, 쉽사리 맞지 않았다.

"그렇다면!"

하인리케는 쿠니카의 뒤로 돌아 들어가서는 쿠니카의 다리 사이로 탄을 한 발 발사했다. 의외의 장소에서 날아온 공격에 융통성이 부족한 제니퍼의 반응이 한 순간 늦어졌다.

——블랑 대위, 격추.

그 모습을 확인한 바르크호른이 선언했다.

"차, 창피해."

고개를 숙이고 하강하는 제니퍼.

원래 늘어져 있던, 사역마인 스패니시 그레이하운드의 귀가 더 축 늘어졌다.

"꽤 하잖아, 공주님!"

이렇게 되면 2대 1.

마리안은 칼라와 합류하기 위해 쿠니카와 하인리케로부터 떨어지기 시작했다.

스피드에 있어서는 506에서 상대할 자가 없는 마리안이다. 거친 성격을 지적받는 일도 많지만 속도를 추구하는 데 있어서는 너무나 진지해서 그 샬롯 E 예거 대위에게 배울 때는 너무나 얌전했었다는 일화가 전해지고 있다.

"놓칠 것 같은가!"

하인리케와 쿠니카가 쫓아갔지만, 속도 차이를 따라갈 수가 없어서 마리안은 간단히 칼라와 합류했다. 하지만 결과적으로는 A부대도 아드리아나와 합류했기 때문에 숫적 우위는 변함이 없다.

"콜라는 못 줘!"

칼라가 쿠니카에게 선언했다.

"뭐어~ 좀 줘요."

쿠니카가 말했다. 아무래도 이 두 사람은 긴장감이 부족한 것 같다.

"자, 어떻게 할까?"

그렇게 물은 아드리아나.

하지만.

"걸렸다."

마리안이 회심의 미소를 지었다.

"이게 이쪽의 플랜B."

"이런! 지나가 비어 있다!"

먼저 알아차린 사람은 아드리아나였다.

"이 둘을 방패로 삼아!"

아드리아나는 멀리 떨어진 곳에 있는 지나를 보고 재빨리 마리안을 사이에 두는 위치로 이동했다. 아군에게 맞을 위험이 있으면 쏘지 않을 거라고 판단했다.

하지만.

그 마리안의 목을 아슬아슬하게 스친 페인트탄이 아드리아나의 어깨에 명중했다.

──비스콘티 대위, 이탈.

바르크호른이 선언하자 게시판에 × 표시가 켜졌다.

"역시 대단해."

아드리아나는 고개를 젓고 지상으로 향했다.

"쿠로다 중위! 접근전으로 들어가라. 이대로 가면 놈들이 바라는 대로 된다!"

하인리케는 MG151/20의 그립을 다시 쥐고, 쿠니카에게 지시했다.

"하지만, 그쪽 두 사람은?!"

"혼자서도 충분하고 남는다!"

그 말을 들은 쿠니카는 뒤쪽은 신경 쓰지도 않고 지나를 향해 빠르게 접근했다.

"헤에, 공주님을 꽤 신뢰하나 보네."

마리안은 일부러 쿠니카를 쫓지 않고 칼라와 둘이서 하인리케를 포위했다.

"솔직히 다시 봤어. 아직 좋아할 수는 없지만."

마리안과 칼라가 하인리케에게 십자포화를 퍼부었다.

한 발이 하인리케의 오른쪽 스트라이커 유닛에 명중.

——비트겐슈타인 대위, 오른쪽 스트라이커 피탄.

게시판에 △ 표시가 들어왔다.

하지만.

"지금 그건 일부러 맞아 줬다."

이번엔 하인리케가 회심의 미소를 지었다.

"허세 부리지 마라!"

소리친 마리안이 페인트탄을 계속 난사했다.

"흥!"

하인리케는 피탄 당해서 정지 상태인 오른쪽 스트라이커 유닛으로 페인트탄을 막아냈다.

스트라이커 유닛을 방패로 삼은 것이다.

"기사에게는 창은 물론이고 방패도 필요한 법."

화려한 몸놀림으로 페인트탄을 막아내며 하인리케는 총구를 마리안 쪽으로 겨누고 방아쇠를 당겼다.

"체크메이트."

마리안의 얼굴이 파란색 페인트로 물들었다.

"역시 넌 지이이이인짜 싫어~!"

마리안은 소매로 얼굴을 닦으면서 이탈했다.

"싫어해도 좋다. 자, 그럼."

하인리케는 칼라 쪽을 봤다.

"남은 건 너 하나."

"분명히 좋은 작전이긴 한데."

칼라도 얼굴에서 여유가 사라졌다.

"스피드가 반으로 떨어졌는데, 잊은 건 아니겠지?"

칼라는 9시 방향으로 크게 이동했고, 그곳에서부터 재빨리 선회해서 하인리케의 후방으로 파고들었다.

"지금이라면 공주님 뒤를 간단히 잡을——"

그렇게 선언하고 탄을 퍼부으려고 생각한 순간. 하인리케가 눈앞에서 사라졌다.

"이렇게 말인가?"

"뭐야! 그럼, 지금까지는?"

칼라의 눈이 휘둥그레졌다.

"상대가 얕보게 하는 것 또한 병법이다."

모의전 개시 시점부터, 하인리케는 단 한 번도 최고 속도를 낸 적이 없었다.

마리안을 쫓아갈 때도 속도를 늦춘 상태였다.

하인리케는 칼라의 양쪽 스트라이커 유닛을 향해 한 발씩 발사했다.

결과를 확인할 필요도 없다. 하인리케는 빙글, 등을 돌렸다.

"뭐야~"

칼라 J 룩시크 중위, 격추.

그리고——

쿠니카는 지나가 기다리는 곳에 도달했다.

도중에 격추할 수도 있었겠지만, 지나는 그러지 않았다.

하지만 자신이 쿠니카의 사정거리에 들어가자마자 사정없이 페인트탄을 난사했다.

"지난번엔, 이야기할 기회도 없어서 실례했다."

방아쇠를 당기며, 먼저 입을 연 사람은 지나였다.

"아뇨, 뭘요!"

쿠니카 쪽은 숨쉬는 것조차 잊고서 피하는 게 고작이었다.

대응 사격은 생각도 못하고.

"이봐, 쿠로다 중위가 여기까지 남을 거라고 예상했나?"

쿠니카가 계속 피하는 모습을 관찰하며, 바르크호른이 하르트만에게 물었다.

"전혀."

어디서 사 왔는지, 하르트만은 소프트크림을 핥으면서 고개를 저었다.

"생김새가 왠지 미야후지와 비슷하군."

"그래? 미야후지가…… 그러니까, 뭐라고 해야 하나? 깜짝 놀랐었지──"

"너구리 닮았지?"

"맞아, 그거!"

두 사람은 서로 마주보고 웃고는, 약간 숙연한 표정을 지었다.

미야후지 요시카는 이제는 예비역이라 후소로 돌아갔다.

"……또, 보고 싶다."

하르트만이 중얼거렸다.

"기회는 있다. 이 싸움이 끝나면, 언제든지."

바르크호른은 위로하려는 것처럼 하르트만의 어깨에 손을 얹었다.

"젠장~! 당했다~!"

칼라는 머리를 쥐어뜯으며 제니퍼와 동료들이 기다리는 무대로 내려왔다.

"아깝게 됐네요."

제니퍼가 위로했다.

"아깝긴 뭐가! 우린 이제 대장만 남았어! 대장이 당하면, 저 건방진 공주님이 신나게 놀릴 거라고!"

마리안은 아직 페인트가 다 지워지지도 않은 금발을 마구 휘젓고 싶었지만, 카메라가 눈앞에 있는 것을 보고는 간신히 참았다.

"……우리, C부대인가요?"

제니퍼가 살며시 한숨을 쉬었다.

그때.

"응?"

칼라는 자기 스트라이커 유닛을 벗어서 확인하고는 고개를 갸웃거렸다.

"으으응? 저기, 마리안?"

"이건?"

마리안도 피탄 상황을 확인하고는, 심판인 로잘리를 불렀다.

"어이쿠!"

쿠니카는 어쨌거나 피탄은 면하고 있었다.

"좋은 판단이다."

계속 쏘면서도, 로잘리는 칭찬을 아끼지 않았다.

"좋은 기체네요!"

쿠니카 쪽은 마치 링크 위에 있는 스케이트 선수 같은 움직임을 가능하게 하는 지나의 스트라이커 유닛에 감사하고 있었다.

"정비가 초일류거든. 덕분에 나는 기체의 힘을 120% 끌어낼 수 있지!"

지나의 얼굴이 풀어졌다.

"저희 정비도 초일류예요!"

그 말을 들은 지상의 정비반원들이 감격의 눈물을 흘렸다.

"나와 전투하는 중에 말 할 여유가 있을 줄이야."

"그건 중령님도 마찬가지잖아요?!"

쿠니카는 완전히 지나의 사정범위 안에.

이미 네 발은 명중——했어야 하는데, 쿠니카는 계속 피하고 있다.

"그렇군, 지금부터가 쿠로다 중위의 진면목이라는 것인가."

지나는 금붕어를 손으로 떠올리는 것 같은 감각을 느끼고 있었다.

"그 힘, 파악해 보겠다."

"사양할래요, 그~런~건!"

쿠니카는 비명에 가까운 소리를 질렀다. 이제 거의 한계였다.

"하나 물어봐도 되나?"

지나는 계속 연사하면서 그렇게 말했다.

"비트겐슈타인 대위의 전투대장으로서의 자질은 어떻다고

보나?"

"싫지 않아요, 지금은."

쿠니카는 목을 움츠렸다. 그 바로 위로 페인트탄이 지나갔다.

"……아니. 그런 얘기가 아니다."

"우수하다든지, 그런 게 아니라든지——"

쿠니카가 공중제비 돌 듯이 몸을 회전시키자, 이번엔 엉덩이에 닿을락 말락하는 곳으로 페인트탄이 지나갔다.

"아무래도 좋잖아요. 가장 중요한 건 전우로서 믿을 수 있는지니까."

"그런가. 너한테는 그렇군. 납득했다."

지나는 몸으로 부딪히려는 듯이, 자기가 먼저 쿠니카 쪽으로 거리를 좁혔다.

"으아! 잠깐만!"

당황하는 쿠니카.

"아무래도 이 움직임은 읽지 못한 모양이군."

지나는 쿠니카에게 밀착해서 총구를 가슴에 댔다.

"이제 남은 건 프린체신 하나…… 라고 하고 싶지만."

AN/M2의 방아쇠를 당겼다.

하지만 작은 소리만 났을 뿐, 페인트탄은 발사되지 않았다.

"탄이 떨어졌나?"

쿠니카가 침을 삼켰다.

"네가 이겼다."

탄을 전부 다 쐈지만, 결국 쿠니카를 격추하지 못했다.

지나는 AN/M2 중기관총 총구를 아래로 내리고 쓸쓸하게 웃었다.

"쿠니카 중위, 정신없이 싸우게 만들어 주는 상대였다.

"그대 정도의 인물이, 참으로 원통한 일이구나."

가까이 다가온 하인리케가 총을 쏴서 끝내려다가, 그만뒀다.

"쿠로다 중위, 그대의 상대다."

방아쇠에서 손가락을 뗀 하인리케가 쿠니카를 보며 미소 지었다.

"예? 그래도 돼요?"

"두 번 말하게 하지 마라."

"예."

쿠니카는 지나에게 총구를 겨눴다.

철썩!

철썩!

페인트탄이 명중했다.

하지만——

"으아!"

"뭐냐?!"

지나가 아니라 쿠니카와 하인리케에게.

"대체 어디서?"

"이게 무슨 일인가?!"

서로 마주보는 쿠니카와 하인리케.

"좋았어!"

얼빠진 두 사람 아래쪽에서 회심의 승리 포즈를 취하고 있는 자가 있었다.

이미 탈락했다고 생각한 칼라였다.

"9회 말 투 아웃 투 스트라이크에서 역전 만루 홈~~런! 베이브 루스나 조 디마지오 같은데!"

"무슨 말인지 모르겠다!"

하인리케는 칼라를 보며 소리를 질렀다.

"어, 어떻게 된 거야?! 아까 격추당했잖아?"

쿠니카도 아연실색 상태.

──어~ 재심 결과, 룩시크 중위의 스트라이커 유닛에 대한 피탄은 취소됐다.

인컴에서 바르크호른의 목소리가 들렸다.

──게시판을 잘 확인하라고 하지 않았나?

"그, 그러긴 했는데……."

쿠니카가 지상을 자세히 확인해 보니, 게시판에 있는 칼라의 이름에는 × 표시가 없었다.

"탄이 맞은 것 같았는데, 페인트 흔적이 없더라고."

칼라가 씩 웃었다.

"내 고유마법 덕분이라나."

"네놈의 고유마법?! 그런가!"

하인리케는 자신의 이마를 쳤다. 칼라의 고유 마법은 냉각. 하인리케의 뒤로 파고들려고 했을 때 마법이 발동 중이었다. 덕분에 페인트탄 내부의 페인트가 얼어서 스트라이커 유닛에 묻지 않고 깨져서 떨어져 버린 것이다.

"말도 안 돼~"

어깨가 축 늘어지는 쿠니카.

"승리의 댄스~!"

칼라는 하인리케의 눈앞에서 춤추기 시작했다.

"콜라가 이겼다, 콜라 무적~! 톡 쏘는 상쾌함, 내일부터 우리가 A부대~!"

"큭! 아쉽지만, 이 또한 한때의 운이다."

하인리케는 입술을 깨물었다.

"리베리온 만세~! 리베리온의 위치는 세계 제에에에에에에에에일!"

"좋은 경험이 됐다. 방심은 금물이라는——"

"자, 자, 여러분~! 자요, 사진!"

신이 난 칼라가 하인리케의 어깨를 끌어당겼다.

빠직!

"에에잇……! 저리 꺼지지 못할까!"

하인리케의 안에서 뭔가가 소리를 내며 깨졌고, 칼라를 향해 기총을 난사했다.

"아, 안 돼요! 진정하세요!"

쿠니카가 총신을 붙잡고 말리려고 했지만, 오히려 탄이 이리저리 튀게 만들어 버렸다. 페인트탄이 사방팔방으로 날아가서 피해자가 속출했다.

"이것이 진정할 수 있는 일인가아아아아아아!"

피해는 칼라나 B부대 멤버들로 끝나지 않았다.

아드리아나와 이자벨도 하인리케의 페인트탄 세례를 받았다.

"대위, 그만하세요!"

소동을 어떻게든 수습하려는 로잘리의 얼굴에도 페인트탄이 명중했다.

"진짜, 나도 몰라!"

로잘리는 털썩 주저앉았다.

훗날.

이 자리에 있었던 『라이프』 소속 카메라맨 로버트 카파는 자서전
에서 이렇게 회상했다.

페인트탄이 비처럼 쏟아졌다고.

NOBLE WITCHES
Shimada Humikane & Projekt World Witches

뒤처리

"으으, 어이해 이 몸이 이런 일을."

주방에 선 하인리케가 한 시간도 전부터 계속 중얼거린 말이다.

지금 하인리케는 앞치마를 두르고 있다.

물론 정비반원들이 이 놀라운 모습에 흥분하지 않을 리가 없다. 이 조용한 주방에서, 남몰래 수십 장의 사진을 찍었다는 사실은 굳이 말할 필요도 없을 것이다.

"앞뒤 가리지 않고 페인트탄을 쏴서 그래요. 그것도 대장이랑 옵서버로 오신 바르크호른 대위에 하르트만 중위한테까지."

얼음이 들어간 보울로 팥소를 식히며 쿠니카가 중얼거렸다.

결국 모의전은 하인리케가 폭발하면서 어영부영 끝나고 말았다. 물론 AB 팀의 명칭 변경도, 콜라 열 상자 이야기도 다 묻혀 버렸고.

이 일이 뉴스로 나가게 되면 정식 부대 결성 발표를 하기도 전에 엄청난 스캔들이 될 뻔했지만, 너무 엄청난 추태에 질려 버린 보도진들은——로잘리가 그 무적의 눈물 맺힌 눈으로 호소한 일도 있어서——큰 기사로 내지 않 겠다고 약속했다.

그 대신에 혼란을 일으킨 장본인인 하인리케가 피해를 입은 사 람 모두——당연히 여기엔 B부대 전원, 그리고 아드리아나와 이자 벨도 포함된다——에게 과자를 대접하기로 했다. 하지만 하인리케 는 과자 따위를 만들어 본 적이 없다. 평소에 그렇게 맛있다고 자랑 하던 슈톨렌도 만드는 방법을 모른다. 이대로 가다간 장절한 독극 물?을 제공해서 이중 피해를 일으킬 우려가 있기에, 쿠니카가—— 로잘리가 애원해서——돕기로 해서 안미츠를 만들기로 했다.

내가 생각해도 대인관계 참 좋다~고, 쿠니카는 자신에게 감탄 했다.

"한천, 다 굳었나요?"

쿠니카가 하인리케 앞에 있는 알루미늄 트레이를 가리켰다.

"⋯⋯⋯아마도."

"그럼 그걸 주사위 모양으로 잘라 주세요."

"주사위 모양?"

"주사위만한 크기로 잘라 달라고요."

"그렇다면 주사위 크기로 자르라고 하면 되지 않는가? 주사위 모양이라고 하면 1부터 6까지 숫자가 들어가야——"

"그 숫자 모양까지 어떻게 만들려고요?"

쿠니카가 말했다. 1은 그렇다 치고, 나머지는 꽤 어려울 것 같다.

"그걸 모르니 묻는 게 아닌가."

하인리케가 정색했다.

"정말이지. 서민에 대해서 잘 안다고 그렇게 말하지 않았어요?"

쿠니카는 팥소의 온도를 확인하면서 한숨을 쉬었다.

"후소의 문화까지 숙지했다고 말한 기억은 없다."

하인리케는 그렇게 말하며 트레이에 있는 한천을 물이 들어 있는 큰 보울로 옮기려 했지만, 마음대로 되지 않았다. 틀에서 꺼낼 때는 트레이를 뜨거운 물에 담그고 가장자리를 칼로 그어 줘야 하는데, 그걸 모르기 때문이다.

"에이잇!"

뒤집은 트레이를 힘껏 보울에 내리쳐도 빠지질 않았다.

"아까 물어 보니까, 바르크호른 대위네도 알던데요, 안미츠."

바르크호른과 하르트만이 아까 주방 앞으로 와서 쿠니카에게 말을 걸었다. 이유는 모르겠지만, 두 사람은 쿠니카를 상당히 동정하고 있었다.

"어이해 그 놈들이 알고 있나?"

마침내 하인리케는 주걱으로 한천을 파내가 시작했다.

당연히 한천의 60% 정도가 뭉개져서 엉망진창이 됐다.

"아마 미야후지 씨가 만들어 주지 않았나 싶어요. 사카모토 소령은…… 그럴 사람이 아닌 것 같고."

사카모토가 과자를 만들 수 있다면 한여름 미야자키에서 눈사람을 만들 수도 있을 것이라고 약간 실례되는 생각을 했다.

"흠. 그다지 이야기를 나눠본 적이 없어서 단정할 수 있는 것은 아니지만, 사카모토는 과자를 만들기엔 너무 대범한 성격으로 보인다."

"………대, 대범하다고요?"

쿠니카는 하인리케의 얼굴과 한천을 번갈아 쳐다봤다.

"그대, 정말 배짱이 좋구나."

하인리케는 쿠니카의 시선이 무슨 의미인지 모를 만큼 둔한 인물이 아니다.

"그래도."

쿠니카는 사람 수만큼 유리그릇을 준비하고는 팥소와 콩, 과일을 그릇에 담았다.

"전 조금 재미있었거든요? 모의전."

"그건 인정하지 않을 수가 없군. 그대가 프레디 중령과 그렇게까지 싸울 수 있으리라고는 생각도 못 했다."

하인리케는 고개를 끄덕였다.

"아하하하……."

힘없이 웃는 쿠니카. 솔직히, 상대가 진심으로 싸웠다면 그만큼 버티지도 못했을 것 같다.

"대장께도 폐를 끼쳤다. 역시 B부대와 우호적으로 지내야 할 것 같군."

그것이 하인리케의 입에서 처음으로 나온, 반성하는 말이었다.

"허나, 다음에 모의전을 한다면 절대로 지지 않는다. 이번에도 지지는 않았지만, 누가 봐도 확실하게 알 수 있는 형태로 이길 것이다."

"이겨서 콜라 받아요!"

팥소를 그릇에 잔뜩 담으며, 쿠니카도 리턴 매치를 맹세했다.

"콜라는 필요 없다."

그 건에 대해서는 역시 의견이 일치하지 못한 것 같다.

쿠니카는 '미요시' 할머니께 배운 레시피대로, 상쾌한 뒷맛의 꿀을 한천이 잠길 정도로 부었다.

"자, 완성!"

"……쿠로다 중위."

안미츠를 쟁반에 얹어서 운반하려는 쿠니카의 뒷모습을 향해, 하인리케가 말했다.

"그러니까, 신세 졌구나."

"무슨 소리예요."

쿠니카는 고개를 돌리고 미소를 지었다.

"전우잖아요, 우리."

쿠니카와 하인리케가 식당에서 안미츠를 대접하고 있던 무렵.

대장 로잘리는 이번 모의전투의 보고서——시말서——와 씨름하고 있었다.

식당의 떠들썩한 분위기와 전혀 다른 이 조용한 공간에, 타자기 소리만이 울렸다.

대장으로 취임한 뒤로 제출한 시말서만 해도 벌써 200통에 달했다. 특히 쿠로다가 합류한 뒤로는 제출 빈도가 기하급수적으로 증가했다.

"후우……."

건초염에 걸릴 것 같은 손을 멈추고 식은 커피잔을 입으로 가져갔을 때, 누군가가 문을 두드렸다.

"들어오세요, 지나 양."

로잘리는 상대가 누구인지 말하지 않아도 알 수 있었다.

"안미츠는 어떠십니까? 대장 몫도 챙겨 뒀습니다."

방으로 들어온 지나는 살작 미소를 지었다.

"나중에 먹을게요. 먼저 이것부터 끝내야죠."

턱을 괸 로잘리는 책상 오른쪽에 놓아 둔 종이 더미를 눈짓으로 가리켰다.

"보고서입니까?"

"서류 업무가 이렇게 많다는 걸 알았다면, 대장 자리는 맡지도 않았을 거예요."

로잘리는 농담 섞인 말투로 그렇게 말하고는, 커피를 다시 끓이기 위해서 일어났다. 사이폰으로 천천히 커피를 끓이면 기분전환도 되니까.

"……그래서요?"

핸드밀로 커피 원두를 갈며, 로잘리가 재촉했다. 지나가 그냥 잡담하러 온 게 아니라는 것은 눈을 보면 알 수 있다.

"506을 해산시키려는 움직임이 있는 것 같습니다."

지나가 서론을 생략하고 말했다.

"해산? 아직 정식 활동을 시작하지도 않았는데?"

로잘리의 아름다운 눈썹이 찌푸려졌다.

이런 자리에서는 애매한 표현을 사용하지 않는 지나가 A부대도 B부대도 아닌, 506을 해산시키려 한다고 말했다.

즉, AB 양쪽을 해산시키려는 움직임이 있다는 뜻이다.

"이런 음모론, 평소 같으면 그냥 웃어넘겼겠지만, 이 이야기를 한 기자가──"

지나는 잠시 망설였지만, 마음을 정했다는 듯이 계속 말했다.

"저와 통화한 다음날부터 소식이 끊겼습니다. 아침에 집에서 나와 신문사로 가는 도중에 홀연히 사라졌다고."

"경찰은요?"

"NYPD는 군 관계자가 개입하는 것이 싫은지, 수사 상황에 대해서는 아무 말도 없습니다."

지나는 고개를 저었다. 행방불명된 기자는 베테랑 기자로 종군 경험도 풍부하며, 지나와 알고 지낸 지 2년이 됐다. 아내와는 사별했고, 혼자 남은 딸은 아직 일곱 살이다.

"무슨 이유로, 이 506을 노리는 걸까요?"

다 갈은 커피 원두를 사이폰으로 옮기며 탄식하는 로잘리.

"네우로이의 움직임이 비교적 얌전해진 것 같다고, 바로 인간들끼리 싸우려 들다니."

"동감입니다만, 이게 처음이 아닙니다. 아마 마지막도 아니겠죠."

"그렇겠죠. 배후에 누군가, 아니면 어떤 기관이 있는지 이쪽에서도 확인해야——"

로잘리가 말하던 그 때. 엄청난 폭발 소리와 함께 땅이 크게 흔들렸다.

"위험해!"

지나가 로잘리에게 달려들어서 바닥에 엎드리게 했다.

그리고 거의 동시에 창문 유리가 날아갔고, 열기와 불길, 시커먼 연기가 집무실을 덮었다.

책상과 책장, 캐비닛이 쓰러지고 불이 꺼졌다.

"이쪽으로!"

지나가 로잘리의 손을 잡고 포복해서 문 쪽으로 갔다.

"다른 사람들은?! 아드리아나 양?! 하인리케 양?! 쿠로다 양, 이자벨 양?!"

문 앞에 도착한 로잘리는, 손잡이를 잡고 일어나서 기침을 하며 소리쳤다.

"들것 가져와!"

"소화기!"

뛰어다니는 정비원들의 고함 소리가 오가고, 사이렌이 울려 퍼졌다.

"이게…… 무슨 일이지?"

지나도 불꽃이 피어오르는 격납고를 보고는 멍하니 서 있을 뿐이었다.

"대장!"

간호사가 뛰어와서는 로잘리를 자리에 앉히고 치료를 시작했다.

"이거, 몇 개로 보이세요?"

간호사는 머리를 세게 부딪치지는 않았는지 확인하기 위해서 손가락을 세워 보였다.

"열일곱 개."

로잘리는 그렇게 말하고서, 바로 미안하다는 생각이 들어서 제대로 대답했다.

"미안해요. 세 개요."

이제 와서 욱신거리는 아픔이 덮쳐 왔다. 아무래도 유리 조각에 이마가 찢어진 것 같다. 입술에 녹슨 쇠 같은 맛이 느껴졌다. 뚝뚝 떨어지는 피의 맛이다.

"가르쳐 줘요, 다른 사람들은?"

로잘리가 이마를 지혈하는 간호사에게 묻자, 간호사는 뭔가 말을 하려다가 입술을 깨물었다.

　　"부탁드려요."

　　로잘리는 간호사의 팔을 꽉 붙잡았다.

　　"쿠로다 중위가……."

　　간호사는 고개를 숙이고 울먹이기 시작했다.

　　로잘리는 갑자기 눈앞이 깜깜해졌고, 의식을 잃었다.

THE END?

506의 성립에 대하여

이 책을 읽으신 분은 이미 아시겠지만, 스트라이크 위치스의 세계에는 501~508, 여덟 개의 통합전투항공단이 존재합니다.

극장판을 제작하면서 제2차 세계대전 말기에 벨기에(벨기카)와 프랑스(갈리아)에 걸쳐 있는 아르덴 숲을 무대로, 패색이 짙은 독일군이 연합군에게 역전 공세를 펼쳤던 일명 '벌지 전투'를 모티프로 삼기로 했습니다.

무대가 아르덴이 되면서, 갈리아 동부 국경에 기지가 있는 506을 등장시키기로 했습니다만, 역사상으로는 아르덴 일대를 방위하던 영국군과 미군 양쪽 상층부에 불화와 알력이 있어서, 상호간의 협력과 연계에 문제가 있었다고 합니다.

이 에피소드를 반영해서 기지가 둘로 나뉜 이색적인 부대라는 설정이 정해졌고, 브리타니아와 갈리아를 중심으로 한 부대와 리베리온의 두 개 부대, 반목의 상징으로서 귀족 제도의 유무라는 설정을 잡아 갔습니다.

이 요소에 의해 월드 위치스 중에서는 고참 격인 하인리케라는 이미 어느 정도 이미지가 굳어진 캐릭터를 등장시키게 됐고, 후소에서는 '신분은 귀족(화족)이지만 어디까지나 서민'으로서 양쪽 부대를 연결하는(또는 휘젓고 다니는) 포지션의 캐릭터로서 쿠로다의 기본 설정을 만들었습니다.

하지만 이 단계에서는 텍스트상의 설정만 있었을 뿐인 아직 어렴풋한 존재였는데, 거기에 변화가 발생한 것은 A부대의 쿠로다와 그륀의 디자인이 정해졌을 때였습니다.

심약한 대장과 까불이 쿠로다, 자존심이 강한 하인리케, 세 사람이 '캐릭터가 멋대로 움직이는' 상태를 만들었고, 거기서부터는 순조롭게 귀족을 싫어하는 마리안, 밝은 성격의 리베리온 사람을 그대로 보여주는 것 같은 칼라 등등, B부대 캐릭터를 포함한 506의 시끌벅적한 이야기가 머릿속에 떠오르게 됐습니다.

이 책에 나오는, 쿠로다가 실수로 B부대 기지에 도착~이라는 에피소드는 제가 인터넷에 공개했던 짧은 이야기가 베이스입니다만, 아무래도 본업 작가가 아닌 제 문장력도 문제인데다 한 개의 점에 불과한 에피소드였는데, 난보 선생님이 다시 써 주시면서 제대로 된 506부대 정사의 일부로 살려 주셔서 너무나 감사하고 부끄러울 따름입니다.

난보 선생님께는 부대의 설정, 사용 장비, 1인칭과 3인칭 같은 아주 기본적인 캐릭터 설정과 월드 위치에 연재한 506부대원들의 자료만을 드리고 뒷일은 거의 다 맡겨 버리는 상태로 부탁드렸는데, 그런 와중에도 쿠로다와 하인리케를 정말 매력적으로 그려 주셨습니다.

　이번에는 이 두 사람이 중심인 이야기였지만, 다른 캐릭터들의 에피소드도 다음 권에서 나올 예정이니 기대해 주시면 감사하겠습니다.

시마다 후미카네

작가후기

이야, 정말 오랜만입니다! 아닌 분들은——적응해 주세요.

또 이쪽 세계로 돌아왔습니다! 거유의 친구, 미유의 숭배자, 빈유의 전도사입니다!

이번에 하이데마리 님이 등장하신 것도, 오로지——

가슴이 좋아서어어어어어어!

입니다.

……또 이렇게 여성 독자를 줄이는군요.

다음 권은 빈유파 분들을 위해서, 전설의 그 분을 게스트로 모시고 싶다~고 생각합니다만, 앞일은 모르는 법이죠. 쿠니카에게 마지막 1엔까지 뜯기고 싶은 신병, 푸링 공주에게 킬힐로 밟히고 싶은 고참, 이자벨의 독설 조크를 듣고 싶은 중사, 아드리아나에게 매도당하고 싶은 상관 분들은 꼭, 앞으로도 응원해 주세요!

……잠깐, 이러면 M 소설이잖아?

난보 히데히사

▲ 본가의 딸

주위의 기대에 응하려다가 자신을
궁지에 몰아넣는…… 그런 이미지
로 디자인했습니다.

▲ 하인리케 (8살)

시대를 반영한 시크한 드레스. 귀여
움과 고귀함이 양립하게 디자인해
봤습니다.

노블 위치스 ❶
제506 통합전투항공단 비상!

초판 1쇄 발행 2017년 12월 31일

저자 난보 히데히사
원작 시마다 후미카네 & Projekt World Witches
발행인 원종우
발행처 (주)이미지프레임

주소 (13814) 경기도 과천시 뒷골1로 6, 3층
영업부 02-3667-2653 **편집부** 02-3667-2654 **팩스** 02-3667-2655
메일 edit01@imageframe.kr **웹** vnovel.co.kr

ISBN 979-116085-363-6 02830